누구보다
행복하고 싶은 너에게

사이유 에세이

mindset

누구보다 행복할

_____에게

프롤로그

세상에 태어나자마자 마주한 엄마의 부재, 10살 무렵 돌아가신 아버지, 스무 살까지 내 집이 아닌 큰집에서 살아야 했던 학창시절, 목숨을 잃기 직전 친구의 전화 한 통으로 살아났던 그날 밤, 축복받지 못해 결혼식 없이 시작했던 남편과의 동거까지…. 내게는 감히 '자존감'이라는 것이 싹을 틔우고 자라날 시간이 없었다. 대신 아무것도 갖지 못한 나를 지켜내기 위해 무던히도 애를 쓰던 시간만이 내 곁에 남아 있었다.

바깥의 사람들은 '시그니엘에 살고, 2억이 넘는 차를 타고 다니며, 돈 잘 버는 남편 덕분에 호의호식하는 인플루언서'로 바라볼 뿐이다. 하지만 나에게도 딱 남들이 가진 만큼의 풀어야 할 인생의 숙제가 있고, 내 곁에 아무것도 남지 않은 것 같은 외로움이나 '이렇게만 살아도 괜찮은 걸까' 싶은 걱정과 불안이 있다. 자존감이라곤 바닥에 있었던 나였기에 나를 위한 도전은 생각지도 못한 채 30대에 접어들고 아이를 낳으며 좋은 아내, 좋은 엄마만이 나의 목표였다. 하지만 작은 성취들이 자존감을 올려주고 부족한 나를 누군가가 멋지게 바라봐주며 조금씩 나를 위한 시간, 나를 위한 도전들을 시작하게 되었다. 이제 더는 누군가의 엄마, 아내로만이 아닌 나를 위한 도전들을 멈추지 않을 것이며 도전에는 끝이 없고 배움에는 늦은 나이가 없다는 것을 이 책을 통해 이야기하고 싶었다.

서른이 넘어서야 '나는 누구인가'에 대해 생각해보기 시작했다. 남들에 비하면 너무 늦은 나이에 내 삶에 대해 돌아보게 된 셈이다. 어릴 때는 '왜 이런 시련과 고통이 나에게만 몰아닥치는 걸까? 나도 다른 친구들처럼 그냥 평범하게 살고 싶다'라는 생각을 많이 했다. 그런데 지금에 와서 돌아보니 그런 괴로움의 시간이 나를 더 단단하게 만들어주었다는 생각이 들더라. 비 온 뒤에 땅이 굳는다는 말처럼 작은 행복도 커다랗게 느낄 줄 알아야 한다며 신이 계획한 단련의 시간이 아니었나 싶다.

나쁜 일만 일어나는 삶도 없고, 좋은 일만 일어나는 삶도 없다. 좌절하고, 극복하고, 넘어지고, 일어나고, 슬퍼하고, 행복해하고, 실패하고, 성공하는 것이 반복되는 게 우리 모두의 인생인 것처럼. 그것들이 어떤 의미를 가지고 내 삶에 찾아왔는지, 결국 죽음으로 향하는 우리에게 무엇을 선택하고 추구하며 살아야 하는지를 가르쳐 주려는 것이 이번 생이 주어진 목적이 아닐까 싶다.

유튜브에 다 담지 못한 나의 개인적인 이야기와 내가 스스로를 믿게 되기까지의 과정 그리고 낮은 자존감을 키우기 위해 실천하고 도전해봤던 이야기, 관계에서 내 자신을 지켜내기 위해 했던 노력들, 인생을 살아가는 데 알아두면 도움이 되는 내 나름의 가치관이나 태도 등을 이 책에 꾹꾹 눌러 담아보려고 했다. 나의 진심이 많은 독자분들께 가닿기를 바라는 마음이다.

지금 실패에 맞닥뜨려 커다란 좌절감 앞에 서 있거나, 뭘 어떻게 해야 할지 몰라 막막해서 불안하고 두렵거나, 도저히 나를 사랑할 수 없어서 지쳐버린 분들이 이 책을 읽는다면 '그런 좌절감, 두려움, 불안, 무기력을 느껴도 괜찮다'고 말해주고 싶다. 내가 그런 시간을 지나와 보니 이제는 '내 인생에 잘될 일만 남았다'는 걸 알 수 있었기 때문이다. '나에 대한 믿음의 마음'만 놓지 않는다면 누구나 기쁨의 순간을 마주할 날이 올 거라는 걸 말이다. 그러니 항상 "넌 행복해질 사람이야, 넌 뭐든지 누릴 자격이 있어"라는 저 깊은 곳에서 들려오는 목소리를 들으려고 애썼으면 좋겠다. 그게 간절한 나의 진심이다.

'화목한 내 가정을 이루고 싶다'는 나의 꿈을 실현시켜주고, 언제나 든든하게 내 곁에서 내가 나아갈 길을 제시해주며 내 편이 되어주는 사랑하는 남편에게 고맙고 존경한다고 말하고 싶다. 그리고 나의 세상에 전부인 사랑하는 딸 우리 이나도, 엄마가 너무너무 사랑해. 앞으로도 언제나 넘치는 사랑을 주며 멋진 엄마의 모습 보여줄게. 그리고 부족한 나의 글이 책이 되어 세상에 나올 수 있도록 도와주신 마인드셋 출판사에도 감사의 마음을 전한다. 책을 쓰는 일이 마음처럼 쉽진 않았지만, 꼭 한번 도전해보고 싶은 내 인생의 버킷리스트였다. 꿈을 이룬 지금, 상상했던 것보다 훨씬 더 행복하다. 오늘을 살아낸 그 시절의 나에게, 행복이 기다리고 있는 내일을 위해 오늘도 잘 살아낸 당신에게 이 책을 바칩니다.

목차

✦

1장

평범해지는 게 꿈이었어

+ +

2장

나는 나를 믿어

4장

내 인생, 잘 될 거라는 믿음

제
1
장

평범해지는 게 꿈이었어

누구에게나 아픈 구석 하나쯤은 있지

유튜브를 시작하고부터 '원래부터 금수저였던 거 아니냐'는 댓글을 정말 많이 받았다. 처음부터 내가 부유하거나 평범한 환경에서 자라 남편 잘 만나서 별 어려움 없이 사는 거라고 생각하시는 분들이 많다.

고백하자면, 내 어린 시절의 가정환경은 그다지 평범하지 않았다. 태어나자마자 엄마가 안 계셔서 엄마가 어떻게 생겼는지 얼굴조차 모르고 자랐다. 아빠가 늘 남들에게 "애엄마는 미국으로 도망갔다", "낳다가 죽었다" 하며 이랬다저랬다 하는 통에 어린 나이였지만 그저 많이 혼란스럽기만 했던 것 같다. 이상하게도 커 가면서 '엄마는 도대체 어떻게 되신 걸까?'

라는 의문을 한 번도 품은 적이 없다. 그냥 원래 그랬다는 듯 '나는 엄마가 없구나' 하며 체념하고 살았다. 그래서 나에겐 세상 멀고 낯선 단어가 '엄마'라는 이름이다. 내가 초등학교 3학년이 될 때까지 아빠와 단둘이 살았고, 어느 시기부터는 삼촌이 사는 단칸방에 얹혀살기도 했다.

훗날 어른들에게 전해 듣기로는 아빠가 한식 요리사였다고 한다. 내가 기억하는 아빠는 친구와 술을 너무 좋아하는 분이셨다. 술을 안 드시면 정상적으로 생활하셨지만, 술만 드시면 어린 나를 여기저기 데리고 다니시며 반 노숙자 같은 생활을 하셨다. 역 앞에서 잔다거나 공원 잔디에 누워 자는 날도 많았다. 어떨 때는 생전 본 적도 없는, 모르는 사람 집에 맡겨지는 날도 부지기수였다. 초등학교 생활 6년 동안 전학을 5번이나 다녔으니 더 말하지 않아도 어느 정도 짐작이 될 것이다.

어느 날, 아빠가 여느 때처럼 술을 드시고는 역 앞에서 노숙자들과 시비가 붙어 크게 다치신 채로 집에 들어오셨다. 온몸이 피투성이인 데다가 어디에 찔리셨는지 손가락도 움직이지 못하시고 귀에선 피가 흐르고 있었다. 언제 잠이 들었는지 모르겠지만, 다음 날 아침 아빠가 무언갈 씹는 소리에 잠에서 깼다.

'아… 아빠가 뭘 드시는 걸 보니 이제 좀 괜찮아지셨나 보네. 다행이다.'

스르륵 눈을 떠 아빠의 모습을 보고는 어린 나이에 깜짝 놀랐던 기억이 아직도 생생하다. 아빠는 마치 고기를 씹듯이 담배를 씹고 계셨다. 그 이후 아빠는 정신이 오락가락하셨다. 한밤중에 자다가 말고 벌떡 일어나 창문가에 할아버지가 오셨다며 나를 깨웠다. 한번은 아빠가 꼭두새벽에 방 안을 손전등으로 비추며 "여기 있던 아줌마 3명 어디 갔냐"고 헛소리를 하시기도 했다. 어린 나이에 아빠가 그럴 때마다 무서워서 엉엉 울었다.

아빠의 건강이 부쩍 나빠진 것을 알아챈 고모의 도움으로 아빠는 며칠 뒤 구급차에 실려 병원으로 가셨다. 그게 아빠를 본 마지막 기억이다. 함께 살던 삼촌은 매일같이 아빠 병문안을 다니셨지만, 나는 학교 때문에 보통 집에 있어야 했다. 하루는 저녁에 삼촌이 일을 마치고 와서 아빠 병문안을 간다기에 그날따라 꼭 따라가고 싶다며 떼를 썼다. 그동안 한 번도 따라가겠다고 말한 적이 없었는데 그날은 내가 생각해도 이상했다. 안 된다는 삼촌의 말에 서러워서 엉엉 울었고, 삼촌은 "오늘은 늦었으니, 내일 날 밝으면 그때 같이 가자"고 말씀하셨다. 그날 밤 삼촌을 기다리다가 혼자 잠이 들었는데 아직 해가 채 뜨기도 전인 이른 새벽, 비좁은 단칸방에 큰아버지와 삼촌, 고모가 다 모여 계셨다. 내가 자는 줄 알고 어른들은 나를 이불로 덮어놓곤 이야기를 나누셨다. 그렇게 지난 밤 아빠는 세상을 떠나셨다는 것이다.

"이제 애를 누가 키워?" 나는 차마 내가 잠에서 깨어났다는 걸 티 낼 수 없었다. 하지만 이불 속에서 내가 훌쩍이는 소리를 듣곤 어른들은 이미 깨어났다는 걸 눈치채셨다. 아빠는 그렇게 내가 10살이 되었던 해에 간경화로 돌아가셨고 나는 어딘가에 맡겨져야 했다. 큰아버지와 고모, 삼촌은 누구와 함께 살았으면 좋겠냐고 나에게 물었다. 그나마 내가 생각하는 완벽한 가족이 큰아버지 댁인 것 같아 큰아버지와 함께 살겠다고 대답했다.

아무리 내가 큰아버지와 피가 섞였다 해도 엄연히 남의 집살이 아니겠는가. 큰아버지의 자식들과 차별 없이 잘 지냈다고 하지만, 학교에 돈을 내야 할 때나 용돈을 받아야 할 때면 방 안에서 문고리를 잡은 채 한참 동안 고민하기도 하고 눈치를 많이 봤던 것 같다. 똑같은 잘못을 해도 괜히 나만 더 크게 혼나는 것 같다는 생각이 들었다. 큰집에 유일한 딸자식이 들어온 셈인데 여우처럼 애교도 부리고 예쁨 받을 짓을 스스로 했으면 좋았으련만, 위축되고 어려운 마음에 방과 후 집에 들어오면 방에 틀어막혀서 밥 먹을 때만 나오곤 했다. 오히려 그런 모습 때문에 '네가 하숙생이냐'며 혼나기도 많이 했는데 늘 그렇게 스스로 '데려온 자식이라 나만 차별한다'고 생각했다. 큰어머니께 꾸중을 자주 들었으니 지금 생각해보면 큰아버지도 내심 얼마나 속상하셨을까 싶다. 그러다 한번은 "네가 그러고도 가족이냐?"는 큰어머니의 말씀에 "그럼, 정작 큰엄마는 절 진짜 가족으로 생각하셨어요?"라고 10년 만에 처음으로 말대꾸라는 걸 내지르고는 스무 살의 어느 날, 나는 큰집을 뛰쳐나왔다.

나는 남들에게는 지극히 평범할 수도 있는 '가족'이 없는 어린 시절을 보냈다. 그리고 어른이 되어 내가 아이를 낳아보니 큰집에서 얼마나 큰 결심으로 나를 거둬주셨는지 알게 되었다. 내 자식을 키우면서도 속상하고 힘들 때가 많은데 큰아버지, 큰어머니는 얼마나 많이 힘드셨을까. 남의 자식을 거둔다는 건 잘해도 손가락질, 못해도 손가락질을 받는 일이다. 그 큰 책임을 어찌 견디셨을지 알기에 아직도 문득문득 마음이 아려오며 죄송한 마음이 든다. 두 분이 내어주신 큰 사랑에 앞으로 남은 시간 동안 보답하며 효도해야겠다는 생각을 한다.

초등학교 때는 어버이날 때마다 손편지를 썼던 게 아직도 기억이 난다. 항상 감사하고 사랑한다는 형식적인 내용과 매일 소망했지만 늘 용기가 없어서 하지 못했던 말이 '엄마, 아빠라고 부를게요'였다.

이제는 내게 둘도 없는 '엄마, 아빠'가 되어주시고 든든한 친정이 된 큰아버지 큰어머니께 이루 말할 수도 없는 큰 사랑을 주셔서 너무 감사하다. 속도 많이 썩였던 아픈 손가락이었지만, 누구보다 더 멋지게 살아가는 모습으로 힘드셨던 시간을 보답해드려야겠다고 다짐한다.

❖

평범하게 부족함 없이 살아가는 듯 보이는 사람도

아픈 구석 하나쯤은 마음속에 품고 살아.

남들 앞에서 누구보다 밝게 웃는 사람일수록,

누구에게도 말 못할 깊은 상처가 있듯 말이야.

그런 상처를 애써 드러낼 필요도,

누군가에게 등 떠밀려 고백할 필요도 없어.

그저 조금 더 행복한 기억으로 덮어두자.

조금 더 긍정적인 구석으로 가려두자.

자주 웃고 좋은 생각만 하자.

그러다 보면 훨씬 더 나은 내일이 찾아올 테니.

열일곱 살, 삶의 경계선에서

"그래, 나 엄마 아빠 없다, 왜!"

학창시절, 친구들이 조금만 나를 피하는 낌새가 느껴지거나 나를 좀 따돌리는 것 같다고 (혼자) 생각되면 이렇게 말하면서 동정심을 사곤 했다. 성인이 되면서부터는 친구들과 술자리를 하면 내가 세상에서 제일 사연 많고 힘든 사람인 것처럼 하소연을 했던 것 같다. 나는 친구들이 보내주는 위로나 격려가 사랑과 관심이라고 믿으면서 힘든 일이 있을 때마다 자꾸만 내 상처를 들춰내 주변 사람들에게 의지하며 해결하려 했다.

내 인생에서 가장 어두웠던 암흑기는 엄마가 없이 자랐던 시간들도 아니고, 아빠가 돌아가신 날도 아니었다. 고등학생 때 한창 의지하던 남자친구 때문에 함께 놀던 친구들이 나를 왕따시키기 시작했을 때였다. 그날따라 아침부터 큰엄마한테 혼나고, 학교에 오니 친구들이 대놓고 왕따를 시키고, 선생님도 이런저런 일로 나를 불러세우셨다. 그날은 마치 내가 잡고 있던 끈이 모조리 끊어지는 기분이었다. 그토록 기대하던 '내일'이 하나도 궁금하지가 않았다.

'지금 아무리 힘들어도 행복한 내 가족을 꼭 이루고 죽자'가 내 인생의 목표였기 때문에 그토록 바라고 꿈꾸던 내 가족을 이루고 싶어서라도, 미래에 내 남편과 내 자식이 궁금해서라도 죽지 말아야겠다고 다짐하던 사람이다. 그런데 그날은 뭐에 홀린 사람처럼 죽는 순간이라는 게 더 이상 두렵지 않았다.

문득 어디선가 들었던 '수면제를 몇십 알 먹으면 죽는다'는 이야기가 떠올랐다. 약국마다 돌아다니며 수면유도제를 10알씩 구매해서 80알을 사 모았다. 그날 밤, 약을 먹고 잠들기 전에 친구들에게 예약 메시지를 보내놓았다. '이 시간쯤 되면 이 세상엔 내가 없겠지'라는 생각으로 다음 날 이른 아침에 예약을 맞춰두고 항상 가지고 다니던 아빠 사진을 머리맡에 둔 채 수면제 80알 정도를 꿀꺽 삼키고 누웠다. 이렇게 자고 일어나면 이 지긋지긋한 세상도 끝나 있겠지 싶었다. 하지만 자다가 별안간 갑자기 토할 것 같아서 깨어나 보니 세상이 빙글빙글 돌고 있었다. 생전 처음 겪어보는 정신의 몽롱함에 '아, 이대로 죽는 거구나' 싶어서 너무 무서웠다. 시간을 돌리고 싶어서 얼른 토해내려 비틀거리며 화장실로 뛰쳐들어갔다. 그 뒤로는 정신을 잃었던 것 같다.

지금 생각해보면 정말 신이 있다고 믿을 수밖에 없었다. 친구는 새벽에 내가 보내 놓은 예약 메시지 알람에 잠에서 깼다고 했다. 그 친구는 평상시에 아침잠이 워낙 많아서 알람으로는 절대 일어나지 못한다고 했다. 메시지를 확인한 친구는 놀라 내게 곧장 전화를 걸었고, 내가 받지 않자 집으로 전화를 걸었다. 전화를 받은 큰집 가족들이 나를 찾아냈고 곧바로 병원에 이송되어 위세척과 치료를 받을 수 있었다. 어쩌면 나는 그날이 아니었대도 또 언젠간 힘든 일이 닥쳐왔을 때 삶을 포기하려는 시도를 했을지도 모른다. 신은 그런 나에게 쉽게 스스로의 삶을 포기해서는 안 된다는 것을 깨닫게 해주려고 친구의 깊은 잠을 깨워주신 게 아니었을까 하는 생각이 든다. 가장 편안히 삶을 포기할 수 있는 방법이라고 생각했던 수면제 조차도 너무 무서웠던 경험으로 남았다. 비록 내 삶이 동화 속처럼 아름답지는 않더라도 내 삶을 사랑해 보려고 노력해야겠다고 생각했다. 그리고

'죽음'이라는 걸 함부로 마음속에 품어선 안 된다는 것도.

'이미 어렸을 적부터 흔히 겪지 못할 힘든 일들을 충분히 주셨는데, 도대체 언제까지 나는 이런 일들을 겪어내야 하는 건지, 대체 왜 나에게만 이런 시험을 주시는 건지' 신을 원망하기도 했다. 하지만 지금 생각해보면, 내게 그런 혹독한 트레이닝이 있었기에 조금은 단단해질 수 있었다고 생각한다. 지금은 웬만한 어려움이나 힘든 일이 생기더라도 내 앞에 벌어지는 일들이 내 삶의 경계선에 있다고 생각하지 않는다. 모든 것들은 언젠간 지나가기 마련이고 이겨내지 못할 사람은 없다. 그 순간 내 감정의 늪에 빠지지만 않는다면 말이다. 17살, 삶의 경계선에서 다시 살아났던 내가 그토록 바라던 행복한 내 가정을 이루고 살아가는 걸 보면서 살아있어 다행이라고 느낀다.

살다 보면 누구에게나 힘든 일들이 찾아온다. 그게 누군가에겐 작은 일일 수 있고, 때론 이대로 다 놓아버리고 싶을 만큼의 큰 시련일 수도 있다. 하지만 우리가 겪는 모든 일은 '그렇게 될 일'이었고, 훗날 더 멋진 미래를 위한 과정이라고 생각하면 어떨까. 과거에 내가 정말 힘들었던 때가 언제였는지 한번 떠올려보면, 그때의 그 감정은 100% 생각나지도 않는다. 결국 지금은 이토록 멋지게 살아가고 있지 않은가! 많은 과정이 있었던 사람일

수록 결과는 더 풍요롭고 아름답게 펼쳐진다고 생각한다.

현재가 너무 힘들어 삶을 원망하고 있다면, 그 시간이 자양분이 되어 누구보다 단단한 줄기를 타고 멋진 꽃을 피울 것임을 믿어보자. 더 이상 부정적인 감정들이 나의 온몸을 휩쓸고 망가뜨리도록 내버려 두지 말자. 그리고 절대로 무너지지 말자.

❖

살다 보면 누구에게나 힘든 일들이 찾아온다.

그게 누군가에겐 작은 일일 수도 있고,

때론 이대로 다 놓아버리고 싶을 만큼의 큰 시련일 수도 있다.

하지만 우리가 겪는 모든 일은 '그렇게 될 일'이었고

훗날 더 멋진 미래를 위한 과정이라고 생각하면 어떨까.

모든 것들은 언제나 지나가기 마련이고

이겨내지 못할 사람은 없다.

그 순간의 내 감정의 늪에 빠지지만 않는다면 말이다.

나는 이제야 나 자신이 소중하다는 것을 알았어

스물일곱 살 때 남편을 천안에서 처음 만났다. 연애를 1년 반 정도 했고, 그때는 나도 남편도 아무것도 없는 상태였기 때문에 집이라도 합쳐 생활비를 좀 줄여보려고 동거를 시작했다. 아무것도 없던 형편에, 가족들에게도 결혼 허락을 받지 못했던 상황이라 아이를 낳고 나서도 혼인신고만 하고 열심히 살아가는 모습을 묵묵히 보여드리는 수밖에 없다고 생각했다. 그로부터 6년 뒤, 서로가 힘을 합쳐 이뤄낸 결실들을 보시고는 양가 부모님께 축복받는 결혼식을 올릴 수 있었다.

나름대로 연애 경험이 적진 않았지만, 가족이 없던 나에게 남편은 아빠

같은 포근함을 주었다. 남편은 '유진아, 오빠가~' 하면서 항상 내 이름을 불러주었는데 그게 참 따뜻하게 다가왔던 것 같다. 어릴 때부터 가족이 없다 보니 연애하던 남자랑 헤어지면 세상을 다 잃은 것 같은 커다란 상실감을 겪곤 했다. 하지만 남편을 만나면서 '이 사람이라면 내가 꿈에 그리던 화목하고 단단한 가정을 꾸려나갈 수 있지 않을까?'라는 기대감을 품을 수 있었다. 남편과 연애할 당시 남편은 영업을 하는 사람이었고 신용불량자 상태였다. 나는 내 결혼 상대가 될 사람에 대해 단 한 번도 경제력을 기준으로 삼지 않았기 때문에, 이 부분은 전혀 문제가 되지 않았다. 이 사람의 아빠 같은 따스함과 나를 이끌어주는 무게감이 내가 꿈꾸던 행복한 가정을 이룰 수 있을 거라는 확신을 주었다.

남편 덕분에 나도 거의 서른이 다 되어서야 경제관념이 조금씩 생겨났다. 원룸에서 월세 아파트로, 경매로 50평짜리 집도 사면서 2채, 3채 이렇게 자산을 불려 나갔다. 그러다 남편이 하는 교육회사를 서울로 옮기면서 천안에서 서울까지 매일 출퇴근을 하다가 왕복 4시간을 도로에 시간을 소비하는 게 너무 아깝다는 남편의 말에 서울로 이사를 하게 됐다.

처음에는 서울로 오는 것도 시그니엘로 이사하는 것도 나는 극구 반대했다. 롯데타워에는 아쿠아리움만 있는 줄 알 만큼 무지했고, 아이를 봐주시는 이모님이나 어린이집 등의 문제로 쉽게 이사를 결정할 수 없었다. 그래서 남편이 먼저 서울에서 생활하고 나와 아이는 1년 후 옮기겠다고까지 했지만, 남편이 '그래도 가족은 함께 살아야 한다'며 오랜 기간 설득한 끝에 시그니엘에 입주해 지금까지 4년째 거주하고 있다.

내 아이에게만큼은 나와는 다르게 편안하고, 안정적이고, 행복한 가정을 만들어주고 싶었다. 초등학생 때부터 나는 기초생활수급자였기 때문에 학기 초마다 무료급식 대상자가 되어 늘 담임선생님이 교무실로 따로 부르시곤 했다. 어린 나이에 그게 그렇게 부끄럽고 창피할 수가 없었다. 그래서 주민등록등본을 내는 학기 초가 가장 두려웠다. 그래서 나름대로 머리를 썼던 것이 반장이 되는 거였다. 그럼 선생님께 따로 불려가도 반 친구들이 이상하게 보지 않으니까. 고등학교 1학년 땐 필사적으로 반장이 되었다. 마음속에 쌓인 내 어린시절 아팠던 경험 때문에라도 내 아이만큼은 온 가족이 함께 있는 꽉 찬 등본, 선택이 아닌 당연히 있어야 하는 엄마, 아빠의 자리를 꼭 지켜주고 싶었다. 그래서 부부싸움을 하더라도 절대 내 감정으로 아이에게 아빠의 부재를 만들지 말아야겠다는 다짐을 하기도 한다. 남편은 부모가 있어도 엄마, 아빠가 맨날 치고받고 싸우는 모습을 보는 게 아이에게 오히려 더 불행이고 차라리 그럴 거면 이혼하는 게 낫다고 말한다. 하지만 나는 정말 심각한 문제나 도저히 회복이 불

가능한 문제들이 아닌 선에선 어른의 선택으로 아이에게 당연히 있어야 할 부모와 가족을 잃게 하면 안 된다는 생각이 더 강하다. 나는 워낙 스펀지 같은 성향의 사람이라서 가까이 있는 사람의 영향을 참 많이 받는 편이다. 남편을 만나기 전까지만 해도 나는 내가 주체인 삶을 살지 못하는 사람이었다. 아니, 어떻게 사는 게 잘사는 것인지조차 몰랐다는 게 더 솔직할 것 같다. 인생의 주인공은 나이며, 내가 나 자신을 믿어야 한다는 것을 서른이 훌쩍 넘어서야 조금씩 알게 되었다. 유튜브를 시작하며 구독자분들의 애정과 응원에 자존감을 많이 회복했고, 나를 한 번도 본 적이 없던 사람들도 나를 믿어주며 내가 멋진 사람이라고 해주는데, 왜 정작 나는 내 자신을 믿지 못했던 걸까 후회가 되기도 했다. 그러면서 조금 더 나를 믿어주는 힘이 생기고, 다른 것들에 대한 도전들을 시작할 수 있었다. 나만의 꿈을 꾸고, 내가 하고 싶은 것들에 조금씩 도전하게 된 것이다. 아무것도 안 하고 후회하는 것보다 해보고 후회하는 게 훨씬 낫다고들 한다. 아무것도 안 하면 아무 일도 일어나지 않는다고도 한다. 동의한다. 아무것도 하지 않으면 언젠가 '해볼걸' 하는 후회가 남지만, 시도하면 최소한 실패의 경험은 남는다.

지금 이 책을 쓰는 것도 내가 꼭 이루고 싶었던 꿈이었다. 솔직히 나는 어떤 사업을 운영하는 대표가 되고 싶다거나, 누군가를 이끄는 리더나, 부자가 되고 싶은 큰 꿈이나 야망이 없는 사람이었다. 그냥 오늘 하루 우리 가족이 건강하고 편안하면 그것으로 만족한다. 어렸을 때 학교에서 20년 후 내 모습을 적는 시간이 있었는데, 성인이 되어서 그 노트를 우연히 보게 되었다. 노트에는 '나는 지금 부엌에서 우리 가족을 위해 저녁 요리를 했고, 남편과 나 우리 아들, 딸과 식탁에 둘러앉아 맛있는 식사를 하고 있다. 아들과 딸 반찬을 챙겨주고 있는데 남편은 "당신 먼저 챙겨 먹어~" 하며 내 밥 위에 반찬을 올려주고…'라고 적혀 있었다. 그때도 지금도 사랑이 넘치는 화목하고 따뜻한 가정이 앞으로의 내가 지켜가고 싶은 인생의 가장 큰 부분이다. 지금도 남편이 운영하는 회사에 직원으로 근무하면서 남편이 하는 사업들을 서포트하는 역할을 내가 할 수 있고, 남편의 부족한 부분을 내가 채워줄 수 있다는 것이 행복하다. 또 내 아이의 엄마로 살아갈 수 있어서 기쁘다. 나는 남편을 만나서 자존감을 되찾았고, 남편은 나를 만나서 자신의 꿈과 목표를 실행하는 데 든든한 조력자를 얻었다. 우리는 어쩌면 서로를 성장시키기 위해 만난 게 아닐까.

❖

나는 이제야 나 자신이 소중하다는 걸 알았어.

누군가는 "겨우 가정을 만드는 게 꿈이야?"라고 말할 수 있겠지만,

그게 내가 진심으로 원하는 거라는 걸 누구보다 내가 잘 알아.

서른이 훌쩍 넘어서야 나는 나를 알아가려고 노력하는 중이야.

만약 주변에 누군가가 '겨우' '고작' '그 정도로'라는 단어로

너를 무시하고 깎아내린다면,

그런 일들로 인해 상처받고 자존감이 낮아졌다면

반드시 이 말을 기억했으면 좋겠어.

'설령 누군가가 너의 꿈을 무시한다 해도,

그 꿈이 너에게 가장 중요한 거라면,

너가 진정으로 원하는 거라면 된 거야.

고작, 겨우, 그 정도로 같은 말들은

너의 소중한 꿈을 무시하고 짓밟는 사람들의 가치야.

그러니 너만의 소중한 꿈을 이루기 위해,

오늘도 너의 소중한 하루를 의미 있게 보내길.'

두 눈이 퉁퉁 불어터질 정도로 울었던 날

아버지가 돌아가시고 10살 무렵부터 나는 큰아버지 댁에서 스무 살이 될 때까지 지냈다. 아무리 딸처럼 나를 돌봐주셨다 해도 자격지심일지 모르지만, 큰아버지 아들들보다 내가 더 많이 혼나는 것 같았고, 나의 존재가 그분들께 항상 짐이 되는 것 같았다. 솔직히 10년 남짓한 시간 동안 두 분께 마냥 감사한 마음만 들지는 않았던 것 같다. 그때는 내가 많이 어렸었다. 큰어머니의 서운한 말씀에 자리를 박차고 큰집에서 나온 뒤부터 내 마음 한편에 두 분에 대한 미움과 원망도 있었던 게 사실이다. 하지만 나도 결혼을 하고 아이를 낳아 기르다 보니 이제는 두 분을 이해하며, 감사함과 존경하는 마음을 가지게 되었다.내 자식을 키우면서도 화가 나고 미울 때가 많은데 남의 자식이 그렇게 속을 썩였으니 얼마나 미우셨을까. 남의 자식은 잘해줘도 욕 먹고 못 해줘도 욕을 먹는다. 그런 시선을 견뎌내시면서까지 나를 품어주셨다는 게 지금 생각해보면 상상조차 어려운 일이다.

사실 큰아버지와 큰어머니의 입장을 생각해보게 된 계기가 있었다. 나는 둘째 아이를 낳고 싶은 마음이 컸는데 남편은 지금도 괜찮다며 반대 아닌 반대를 했다. 그럼에도 아이가 커가는 모습이 너무 예쁘고 좋아서 입양을 하거나 위탁 부모를 신청하자고 진지하게 둘이 이야기를 나눈 적이 있다. 위탁 부모 신청을 위해서 고민하는 과정도 만만치가 않았다. 내 자식을 키우는 것도 어려운 일투성이인데 남의 자식을 키운다는 것이 말처럼 쉬운 일도 아닐 것이다. 내가 이미 경험을 했기 때문에 부모가 괜찮아도 아이는 자신의 친부모가 아니라는 사실만으로 엄청난 상실감과 부담감을 느끼며 자랄지도 모를 일이었다.

큰아버지는 내가 핏줄이고, 자신이 직접 육아하는 것도 아니니 쉽게 결정할 수도 있었을 것이다. 하지만 큰어머니는 남편의 결정을 묵묵히 따르며 자신과 피 한 방울 섞이지도 않은 아이를 자식으로 받아들이기까지 얼마나 마음고생이 크셨을까 싶다. 그리고 항상 큰어머니는 매일 아침밥을

꼬박꼬박 챙겨주셨는데 그 덕분에 크면서 잔병치레 한번 앓은 적이 없었다. 물론 아들들을 챙기시느라 매일 아침 밥상을 차리셨겠지만 입 하나 느는 것이 어디 보통 일인가. 결국 그것도 손이 한 번 더 가는 일이고 돈이 드는 일이다. 내가 엄마가 되어 보니 큰어머니가 얼마나 큰 희생을 치르셨는지 마음속 깊이 느낄 수 있었다.

지금은 내가 이만큼이나 잘 성장해서 예쁜 가정을 이루며 살게 해주신 것에 대해 두 분께 정말 감사하다. 그래서 남편도 두 분을 내 친정아빠, 엄마로 여기고 장인어른 차 한 대 선물해드리자며 차도 한 대 사드리고, 집 안에 김치냉장고나 세탁기 같은 가전제품이 필요해 보이면 선뜻 선물해드리곤 한다. 방황하고 술 마시며 속 썩이던 늘 아픈 손가락이었지만, 지금은 "아들보다 딸이 낫다"면서 두 분은 밖에 나가서도 내 자랑만 하신다고 한다.

처음 큰아버지의 차를 서프라이즈로 준비했던 날, 차를 보여드리고 집으로 들어가는 길 가족들 모두 엘리베이터를 타고 큰아버지의 앞모습을 보게 되었는데, 소리 없이 눈물을 흘리고 계셨었다. "내가 아니라 봉길이가(나의 아버지) 이 자리에 있었어야 했는데… 내가 이 행복을 다 받아도 되는지 모르겠다" 하시면서 하염없이 눈물을 쏟으셨다. 그 모습에 나도 울컥해서 두 눈이 퉁퉁 불어터질 정도로 울었다.

어린 나이에 부모도 없이 남의 집에서 살았다는 것에 대한 자격지심, 창피함, 큰아버지와 큰어머니가 자기 자식들만큼 내게 사랑을 주지 않았다는 것이 치기 어린 감정에 어릴 때는 참 속상하고 내가 세상에서 가장 불쌍한 사람인 마냥 서러웠지만, 기꺼이 두 분은 나를 받아주셨고, 내가 커 가며 두 분은 부부간에 그 흔한 싸움 한번 내 앞에서 보여주지 않으셨다. 지금 생각해보면 너무나 감사한 일이고, 복 받은 일인 것 같다. 언제나 젊고 당당하신 그 모습으로 살아가실 거라고 생각했는데 이제는 내가 나이를 먹은 만큼 큰아버지, 큰어머니도 70에 가까운 나이가 되어 많이 늙으셨다. 가끔 두 분을 뵈면 이 감사함과 내가 받은 사랑을 두 분께 보답할 시간이 얼마 남지 않았다는 생각이 들어서 가슴이 미어진다.

남편은 항상 "사람은 열심히 일해서 돈이 있어야 된다"고 말한다. 나는 그게 한낱 욕심이 아니라는 걸 안다. 남편도 어릴 때 너무나 가난했고, 돈이 없어서 받았던 차별이나 설움이 많은 사람이라 악착같이 벌어서 자신이 소중히 여기는 사람들에게 안정감과 편안함을 주는 것이 자신이 줄 수 있는 '사랑'이라고 믿는다. 그리고 그 사랑을 나의 큰아버지와 큰어머니에게도 나누어주어서 남편에게 항상 고마운 마음이다.

이제는 두 분이 나를 정말 딸처럼 의지하고 계시는 게 느껴진다. 집에 무슨 일이 있으면 내게 전화하셔서 "유진아, 아빠가 이런 걸 한다고 하시는데 네 생각은 어때?" 하고 물으시고, 어릴 때는 그렇게 입 밖으로 나오지 않았던 "아빠, 엄마"라는 단어가 이제는 나도 어느새 자연스러워졌다. 또 큰집 오빠가 결혼하면서 친언니처럼 내 마음을 기댈 수 있는 좋은 새언니가 집안에 들어와서 새언니 때문에도 더 내가 가족이라는 울타리에 들어갈 수 있게 되었던 것 같다. 가끔 부부싸움을 하면 엄마, 아빠는 걱정하시니까 마치 친정으로 달려가듯 새언니네로 가서 위로를 받기도 한다.

지금은 어린 시절 얕은 생각으로 내가 큰집에서 눈치를 보며 살았다거나, 나를 미워하신다는 생각에 서운했었던 감정이 모두 사라졌다. 옛날에는 큰엄마 쪽 가족들(이모들)도 "내 동생 힘들게 한다"고 나를 밉게만 보셨는데 이제는 "그래도 유진이가 커서 너한테 그거 다 보답하면서 이렇게 효도한다"며 정말 기뻐하신다. 큰어머니가 주변으로부터 "너 딸 잘 키웠다!" 하는 소리를 듣게 하는 게 꿈이었는데 지금은 그 바람이 이루어진 것 같아서 정말 뿌듯하다. 이 행복을 놓치지 않기 위해서라도 나는 큰집 가족과 내 가족을 더 잘 지켜내야겠다고 늘 다짐해본다.

❖

과거의 상처로부터 자유로워지는 길은

어쩌면 지금의 행복을 더 크게 만드는 걸지도.

그 상처가 보이지 않을 정도로 현재의 내가 행복해지면

어느새 상처는 가라앉고,

그것으로 인해 내가 고통받을 일도 사라지게 되니까.

괴로운 과거를 돌이켜보며 고통받지 말자.

바꿀 수 없는 것들에 상처받으면 마음만 힘들잖아.

대신 그 공간에 '현재'라는 행복을 가득 채워 넣자.

행복하고 기쁜 순간들만, 사람들만, 공간들만 그려 넣자.

행복하기에도 부족한 인생이니까.

우리 앞에 닥친 시련은 지나가는 과정일 뿐이야

몇 년 전만 해도 나는 자존감이 바닥을 찍던 사람이었다. 지금도 내가 자존감이 높다고 생각하진 않지만, 그래도 예전에 비하면 스스로 사회생활하는 데는 크게 걸림돌이 되지 않을 만큼의 자존감은 가졌다 생각한다.

유튜브는 나보다 남편이 먼저 시작했다. 남편은 영업 분야에서 오래전부터 책도 쓰고 강의도 해왔는데 유튜브의 세상이 찾아오며 남편도 유행을 따라 브랜딩과 마케팅을 위해 유튜브를 시작하게 되었다. 남편은 매사진취적이고 도전의식이 강해서 뭘 해도 끝을 보려는 성격이고, 어떤 일에서든 항상 누구보다 빠르게 정상에 도달하는 편이다. 무일푼에서부터 가장 가까이 곁에서 지켜본 나로썬 대단하기도 하고, 지금의 성공을 일군 남편을 보면 항상 존경스럽고 나도 본받아야겠다는 생각을 늘 하게 된다.

남편이 잘되는 것이 가족으로서 기쁘기도 했지만 한편으로는 사람들이 남편 옆의 나를 비서처럼 생각하는 게 속상하기도 했다. 양유진이 아닌 '안대장의 아내'라는 꼬리표가 어떨 때는 나를 우울하게 만들기도 했다. 구독자가 늘어날수록 길거리에서도 남편을 알아보는 사람이 많아졌고, 만나는 지인들도 유튜버나 자수성가하신 분들로 채워졌다. 이름이 아니라 유튜브 채널명으로 소통하는 걸 옆에서 지켜보면서 언제부턴가 대화에 낄 수도 없는 나도 모를 소외감이 느껴졌다.

'남편은 이렇게 잘나가는데 난 뭐 하고 있지?'

스스로가 아무것도 아닌 사람이 된 것만 같아서 한없이 의기소침해졌을 때 문득 이런 생각이 들었다.

'그래, 우울해만 하지 말고 나도 저 세계에 들어가 보자!'

누구의 아내로서가 아니라 나 자신으로서 사람들에게 인정과 사랑을 받고 싶었다. 그래서 유튜브를 시작하게 되었고, 유튜브를 하면서 '아, 나도 뭔가를 할 수 있는 사람이구나'라는 걸 느끼며 성취감을 얻기 시작했다.

구독자가 1만이 되었을 때 1만 기념 첫 실시간 라이브 방송으로 Q&A를 한 적이 있다. 그날 시청자분들의 질문을 받으면서 '세상에 나 같은 사람들이 생각보다 많구나' 하는 걸 알았다. 내가 그저 원래부터 집에 돈이 많아서 명품 자랑이나 하는 줄 아셨다는 분들조차 Q&A 영상을 보시고는 '보면 볼수록 진솔하고, 진국이다'라고 느끼셨다고 해서 오히려 내가 감동을 받았다.

난 유튜브를 통해서 나와 비슷한 상황의 워킹맘이나 미혼인 여성들에게 동기부여를 주고 싶다는 꿈이 있다. 나도 힘들 만큼 힘들어 본 사람으로서 우리 앞에 닥친 시련은 인생에서 지나가야 할 하나의 과정일 뿐이고, 세상에 나만 혼자인 것 같고 오늘이 세상의 마지막인 것처럼 너무 지치겠지만 언젠가는 스스로에게 엄청난 자양분이 될 경험들이라고 말해주고 싶다.

어디선가 인상 깊게 봤던 문구가 하나 있다.
'하늘에 떠 있는 무수히 많은 저 별들은 다 나를 위해 빛나고 있다.'

우리는 타인의 SNS를 보면서 쉽게 부러움을 느끼는 시대에 살고 있다. 그런데 내가 보기에 별 볼 일 없는 나조차 누군가에게는 매우 부러운 대상일 수 있더라. 사람들은 생각보다 자기 자신이 멋지다는 사실을 잘 모른다.

예를 들어, 나는 가늘고 작은 목소리가 콤플렉스였다. 털털한 사람처럼 좀 허스키한 목소리를 가지고 싶었다. 그런데 유튜브를 하면서 내 목소리가 너무 좋다는 사람들이 생각보다 많았다. 목소리가 차분하고 너무 듣기 좋다며 '어떻게 하면 목소리가 그렇게 될 수 있어요? 연습하시나요?'라고 물어보는 댓글이 있을 정도였다. 그걸 보면서 '내 단점이 누군가한테는 부러움이 될 수 있구나' 하는 걸 알았다. 나는 내 유튜브나 이 책을 통해서 '세상에서 가장 힘들고 불쌍한 사람이 나라고 생각했는데 다시 보니 나 되게 멋있는 사람이었네' 하며 당당하고 멋있게 문밖으로 한 걸음을 떼는 사람들이 더 많아졌으면 좋겠다. 그리고 앞으로도 나는 계속 그런 힘을 불어넣어주는 사람으로 성장하고 싶다. 내 채널의 주 콘텐츠는 브이로그(VLOG)다. 유튜브를 하기 전에도 나는 다른 사람들의 브이로그를 많이 시청했었고, 내가 만약 유튜브를 한다면 직장인 브이로그를 정말 하고 싶다고 생각했다. 남편을 공개하고 싶은 생각도 없었고, 집 공개도 사실 하고 싶지 않았다. 이미 유튜브에서 알려진 안대장의 아내가 아닌, 있는 그대로의 나를 보여주고 싶었다. 그런데 우연히 남편 지인들이 집에 놀러 온 자리에 지금의 스승님인 러셀 님을 만났고 초창기 러셀 님의 기획과 피드백으로 '시그니엘'과 '워킹맘'이라는 키워드로 정착할 수 있었다. 확실히 내 영상을 인기순으로 정렬하면 시그니엘과 관련된 영상들이 조회수가 높긴 하다. 하지만 지금의 구독자분들이 처음엔 시그니엘에 산다는 이유로 호기심에 유입되었지만, 지금은 나라는 사람을 애정해주신다는 걸 충분히 알고 느끼고 있다.

빛과 그림자라는 말처럼 구독자와 영상의 조회수가 높아지는 만큼 악플을 달거나 부정적인 시선들이 생기기 마련이다. 처음엔 악플 때문에 우울했던 적도 많았다. 내가 자는 사이에 달릴 악플들이 두려워서 잠을 이루지 못한 날도 많다. 그럴 때마다 내 정신적 지주인 남편은 '무플보다 악플이 낫다'며 위로 아닌 위로를 해주었지만, 남에게 싫은 소리를 듣거나 남이 나를 싫어하는 게 끔찍이도 두려웠던 나는 '이렇게까지 내가 유튜브를 해야 하나?'라는 고민을 하기도 했다. 그래도 그 시간들을 잘 견뎌낸 지금은 구독자 6만 명에 가까워지고 있고, 악플을 적는 사람들보다 나의 진정성을 알아봐 주는 찐 구독자분들이 훨씬 많아졌다. 새로고침을 할 때마다 하나씩 늘어나는 좋은 댓글을 읽을 때면 '나 이렇게 사랑받아도 되나? 세상에는 정말 천사 같은 사람들이 많구나' 하는 걸 느낀다. 그래서 요즘은 매일이 행복하다.

유튜브는 마치 빛과 그림자가 공존하는 우리 인생과 비슷한 것 같다. 다 좋은 것도, 다 나쁜 것도 없다. 어떻게 받아들일지 선택하는 마음에 따라 내 하루가 천국이 될 수도 지옥이 될 수도, 빛이 될 수도 그림자가 될 수도 있다.

❖

문득 살면서 '내가 이렇게 사랑받아도 되나?'라는 생각이 들 때가 있어.

내 수준에 비해 과분한 관심과 사랑을 받으면 너무 행복하지만

한편으로 두렵기도 해.

이런 사랑과 관심이

한순간 나를 찌르는 칼로 변하지는 않을까하는 걱정에.

그런데 그런 걱정하지 않아도 돼.

사랑과 관심을 받는 건, 너가 그런 사람이라 그래.

충분히 사랑받고 관심받아 마땅한 매력이 있는 사람.

너무 많은 관심과 사랑을 받아 부담스럽다면,

그런 관심과 사랑을 다른 사람에게도 나눠주길.

서로가 서로의 인생을 행복하게 만들어줄 수 있다는 것,

그것만큼 설레는 일은 없으니까.

남이 아닌 나를 위해 살아가길 바라

SNS를 1분만 들여다보고 있어도 나보다 예쁜 사람, 잘사는 사람, 유명한 사람 등등 부러운 사람들이 천지다. 내가 만약 유튜브를 시작하기 전이었다면 나도 똑같이 그런 사람들이 부러워서 괜한 열등감에 시달렸을 수도 있다. 하지만 지금은 그런 사람들을 보면 '나도 저렇게 해 봐야지, 멋있다'라는 생각으로 조금이라도 배울 점을 찾는다. 같은 걸 보고도 내가 얻게 되는 것이 열등감인지, 내가 더 성장할 수 있는 인사이트인지는 스스로 결정할 수 있는 선택의 문제이다.

그러고 보면 나도 참 많이 변한 것 같다. 천안에서 살 때만 해도 나름대로 현재에 만족하며 살아왔는데, 서울에 와 보니 우린 아직도 갈 길이 한참 먼 그야말로 그들이 사는 리그에 들어온 것 같았다. 지방에 살 때만 해도 아이를 등원시키고 집안일을 하거나 카페에 가서 커피 한잔하며 일상 이야기, 아이 이야기하며 수다 떠는 엄마들이 주변에 많았다면 여기서는 엄마들도 피부과 원장, 쇼핑몰 대표, 빌딩중개사 등 자신의 커리어를 쌓은 사람들이 대부분이었다. 나는 이 안에서 우울감을 느낄지, 여기에 맞춰가기 위해서 더 열심히 살지 선택해야 했다.

남편과 같이 일을 하다 보니 남편의 지인 부부들과 동반해 만나는 일이 잦아졌는데, 그럴 때마다 사실 서로의 부부 이야기를 나누게 될 수밖에 없다. 보통 부부들이 그런 부부동반 모임에 다녀오면 "그 집 남편은 맨날 저렇게 한다는데 오빠는 뭐 느끼는 거 없어?" 혹은 "그 집 아내는 이러저러하다는데 좀 보고 배워"라며 서로를 헐뜯기 바빠진다. 그런 열등감으로만 세상을 바라보면 아마 부럽지 않은 사람이 없을 것이다.

'저분 와이프는 남편한테 이렇게 하는구나. 나도 그렇게 해봐야지.'
'다른 사람이 있는 자리에서도 저렇게 서로를 존중해주는 모습이 정말 보기 좋다. 나도 저렇게 해야겠다.'
'저런 부분은 내가 생각했던 거랑 다르네. 본받아야겠다.'

이렇게 생각하기 시작하니 부부동반 모임 후에 부부싸움이 이어지는 게 아니라 상대 부부를 통해 우리 부부를 돌아보게 되어서 오히려 사이가 더 돈독해졌다.

처음에 남편이 거주지를 서울로 옮긴다고 했을 때 정말 많이 싸웠다. 여기서 이렇게 편안하게 이미 안정되게 잘살고 있는데 왜 이 안정된 생활을 흩트리려 하는지 남편의 판단이 도무지 이해가 되지 않았다. 나는 아이가 어린이집에 적응하는 문제나 아이를 봐주시는 이모님과 정이 많이 들어서 천안에서의 생활을 쉽게 놓을 수가 없었다. 나는 문제를 항상 먼저 해결한 뒤에 확답을 얻어야 움직이고, 남편은 일단 해 보는 편이라서 더 갈등이 심했던 것 같다. 지금 생각해보면 남편의 말을 들었던 게 다행이었다. 계속 천안에서만 생활했다면 그 삶에 안주하고만 있었을 것이다. 서울에 와 보니 아직도 해야 할 것이 많고 배울 것도 많았다. 이제야 조금씩 세상에 대해 배우고 있다는 생각이 든다. 이곳은 매달 천만 원을 쓰게 될지언정 천만 원만큼의 일을 하고 배우게 되는 곳이다. 환경이 바뀌는 만큼 분명히 더 많이 벌고 배우게 되는 포인트들이 있고, 내게도 서울로의 이사는 인생의 터닝 포인트가 되었다.

아이 교육비도 전에 비해 훨씬 많이 나오고, 월 고정 지출도 많이 늘었지만 그만큼 나나 남편이 만나는 사람도 달라지고 환경도 달라지다 보니 인사이트를 얻는 것도 많고 급속도로 성장할 수밖에 없었다. 쓰는 게 많은 만큼 수입도 늘어나고 만나는 사람과 환경이 달라지니 내가 달라지고, 아이도 달라지고, 남편도 달라지고 불과 3년 만에 많은 것들이 긍정적으로 성장하고 변화했다.

우리 부부는 실제로 연애부터 결혼까지 8년을 함께 하는 동안 남편의 술자리 문제로 싸운 적이 많았다. 서울에 이사 오고 나서 더욱 잦아진 남편의 술자리에 정말 진지하게 헤어질 뻔한 적도 있었다. 만나는 사람들도, 소개받는 사람들도 많아지니 주 7일은 물론 한 달에 1~2회 빼고는 거의 술 약속이 잡히는 남편을 보며 당시엔 가족들이랑 보내는 시간을 잃게 되었다고 생각한 적도 많다. 이럴 거면 우리가 무엇을 위해 서울에 온 건가, 오히려 천안에서 같이 출퇴근하고 아이랑 놀아주던 시간이 더 좋았다며 후회하기도 했다. 2~3시간마다 전화를 하거나 남편이 언제 들어오나 시계만 바라보며 기다리던 시간들도 있었다.

그러다 부부 모임을 따라 다니면서 어느 날부턴가 남편이 측은하다는 생각이 들고 남편을 이해할 수 있게 되었다. '나는 내가 힘들면 안 나가면 그만인데, 연속으로 먹는 술자리에 컨디션이 안 좋아도 어쩔 수 없이 나가야 하는 남편은 얼마나 힘들까' 문득 생각이 들면서 남편에게 "나도 이렇게 힘든데 오빠는 얼마나 힘들까, 고생한다"고 말해준 적이 있다.

남편은 사람들을 만나며 서로 어떤 관점으로 세상을 바라보는지 대화를 나누고, 은연중에 좋은 사업 아이디어들을 얻기도 했다. 실제로 이웃 주민분 중에 프랜차이즈 대표님이 계셨는데 남편들끼리 먼저 친해지고 이후에 부부 모임도 종종 가졌다. 그분들과 이야기를 나누면서 새로운 사업에 대한 아이디어를 얻어 현재 100호점이 넘는 가맹점을 가진 프랜차이즈 회사를 키울 수 있게 되었다. 내가 남편을 존경하는 이유 중 하나가 이런 점이다. 남편은 다른 사람의 이야기를 흘려듣지 않고 좋은 아이디어라고 생각되면 흡수하고, 거침없이 밀어붙인다. 남편의 추진력은 나뿐만 아니라 주변의 다른 사람들도 모두 인정하는 능력이다.

살다 보니 이 남자와 살아가기 위한 나름 내공 아닌 내공이 쌓인 것도 있겠지만. 확실히 지금은 전보단 술자리로 인한 싸움은 많이 줄었다. 술자리가 잡히면 '힘들겠다' '고생한다'라며 등 한번 쓰다듬어 준다거나, 이제는 더 이상 남편을 기다리는 시간을 우울하게 보내지 않는다. 이 시간에도 남편은 또 많은 것을 느끼고 자기 것으로 결과물을 낼 수 있는 사람이란 걸 믿기 때문이다. 그래도 신경이 쓰인다면 미용실에 간다거나 네일아트를 하며 그 시간을 잠시 나에게 집중하려 노력한다.

사람의 감정이라는 건 어쩌면 본능적이고 무의식적인 것이다. 물론 누구에게나 열등감이라는 감정이 있을 수밖에 없다. 혹여 열등감이나 자격지심을 느끼더라도 그런 자신을 미워하진 않았으면 좋겠다. 남과 비교하지 않는 사람은 스스로 행복할 수 있겠지만 어떤 관점에서는 성장할 수 있는 동기를 외면하는 것일 수도 있다. 지금에 안주하는 게 편안하고 별 탈이 없는데 내가 뭔가를 성취하려면 그만큼의 스트레스와 고통을 감내해야 한다. 천안에서의 생활에 안주하고 싶었던 내 마음처럼 말이다. 열등감을 느끼는 사람들은 아마 지금의 내 모습보다 좀 더 나아지고 싶고 좀 더 멋있어지고 싶은 마음이 숨겨져 있을 것이다. 그 마음을 잘 다독여주고 열등감을 성취감으로 바꿀 수 있도록 아주 작은 것이라도 시도해보길 바란다. 열등감은 성장하고자 하는 욕구일 뿐 나쁘고 잘못된 감정이 아니라는걸 꼭 알았으면 좋겠다. 내가 부러워하고 내 안에 열등감을 끌어올려 주는 그 사람의 모습을 하나도 놓치지 말고 따라 하려는 시도가 어쩌면 내가 가장 빠르게 성장할 수 있는 길일지도 모른다.

❖

자신의 시간을 온전히 보낼 수 있는 사람이야말로

진정으로 행복한 사람이라는 것.

더 이상 타인의 시선에, 시간에, 가치관에 나를 맞추지 않길 바라.

이제는 나 자신을 가장 소중하게 여기고,

나 자신과 가장 친한 친구가 됐으면 해.

누군가에게 의존하기보다는,

나 자체로 당당하게 세상에 한 발자국을 내딛길.

처음엔 어려울지 몰라. 두려울지 몰라.

그러나 그렇게 한 발자국 내딛고 나면, 다음은 훨씬 더 쉬울 거야.

반드시 기억했으면 좋겠어.

넌 모든 걸 할 수 있는 능력이 있는 사람이라는 걸.

"저도 짝눈이라서 쌍꺼풀 수술하고 싶은데 고민만 수백 번이네요."

"요즘 피부 탄력이 너무 떨어져서 시술하고 싶은데 추천해주실 만한 게 있나요?"

"전 키도 작고 뚱뚱하고 못생겼어요. 예쁘고 날씬한 사이유 님이 부러워요."

내 유튜브 채널에서 다루는 주제 중에 '뷰티' 관련 이야기도 많다 보니 외모에 대한 댓글을 다는 분들이 많다. 그럴 때마다 나는 "지금도 충분히 누구보다 빛나고 아름다울 내 자신을 믿어보세요!"라고 답글을 달곤 한다.

그 이유는 내가 댓글을 단 당사자의 얼굴을 본 적이 없기 때문에 어느 부분을 어떻게 시술하면 좋겠다는 의견을 함부로 줄 수가 없고, 실제로 내 경험상 외모를 가꾸는 것만이 전부가 아니라고 생각했기 때문이다.

나도 쌍꺼풀을 비롯해서 코 수술, 필러 등 병원에만 많은 돈을 쓰며 외모로 낮은 자존감을 올려 보려고 애를 쓴 사람 중에 하나다. 처음에는 얼굴이 예뻐야 많은 사람에게 사랑받을 수 있고, 기가 좀 세 보여야 사람들이 나를 무시하지 못할 거라고 생각했다. 그래서 20대 때부터 외모에 투자를 많이 했고, 예쁘다는 소리도 제법 들었다. 그런데 시간이 가도 외모에 대해 내가 느끼는 갈증은 줄어들지 않았다. '무조건 외모가 예쁘다고 사람들에게 사랑받는 건 아니구나. 외모가 아닌 내 마음가짐의 문제였구나…'

나는 여전히 내 외모가 뛰어나다고 생각하지 않는다. 당장 휴대폰을 열어서 인스타그램이나 유튜브만 봐도 너무너무 예쁜 사람들이 이 세상에는 차고 넘치게 많기 때문이다. '와, 이 사람은 그냥 아무렇게나 입어도 예쁘네' 하면서 나는 여전히 또 다른 누군가를 부러워하고, 그렇게 부러워하다가 내 모습을 보면 자신감 있던 내 모습이 자꾸만 못나 보인다. 가끔 '눈이 게슴츠레하다, 피곤해 보인다'는 유튜브 댓글을 보면 '아, 눈 수술 다시 해야 하나?' 고민에 빠진다. 하지만 이제는 어느 정도 선에서 만족해야 한다는 걸 알아서 오히려 '내가 아직도 자꾸만 외모에 흔들리는 걸 보니 내 무의식이 여전히 사랑을 갈구하고 있구나. 자존감이 채워지지 않으니 욕심이 생기는구나' 하고 좀 더 내면을 들여다보려고 한다.

자신의 외모가 마음에 안 들어서 고민하는 사람들에게 나는 두 가지 이야기를 해 주고 싶다.

첫 번째는 외모가 뛰어나지 않아도 매력이 있는 사람이 분명 있다는 것이다. 외면이 아무리 예뻐도 내면이 건강하지 못하고, 어두운 에너지를 가진 사람은 어딜 가서도 사랑받지 못한다. 스스로 자신이 자존감이 낮다고 움츠러들고, 항상 우울감에 휩싸여 있는 사람에게 누가 다가오겠는가. 얼굴이 평범하더라도 자신만의 매력이 있고, 밝고 명랑해서 함께 있는 사람을 기분 좋게 해주는 힘이 있는 사람은 어딜 가나 사랑받는다. 사랑의 기준이 외모라고 생각했었는데 내가 사랑하게 되는 사람들은 보면 다 자존감도 높고 밝아서 만나면 상대방을 편안하게 해준다거나, 이야기를 잘 들어준다거나, 외적이 아닌 다른 부분에서 내가 사랑하게 되는 걸 보니 그들은 모두 자신이 가지고 있는 자기만의 것을 사랑할 수 있는 힘이 있었다. 내가 외모를 다듬기 위해 수천만 원을 쓰고 살아보니 외모보다는 내면의 힘을 기르는 쪽이 훨씬 더 이상적으로 자존감을 올릴 수 있는 방법이다.

두 번째는 하소연만 하지 말고 실제 행동을 해야 한다는 것이다. 젊음이 영원할 줄 알았던 20대 때 나는 피부를 아무렇게나 방치하곤 했다. 밤새도록 술을 마시고 들어와서도 화장을 지우지 않은 채 그냥 쓰러져 잔적도 많고, 자외선 차단제도 귀찮아서 잘 바르지 않았고, 스킨, 로션은 그냥 형식적으로 바르는 의미 없는 케어였고, 물보단 술을 많이 먹고 그렇게 20대를 보내다 보니 아이를 낳고 30대가 지나고 이제는 피부에 돈을 쏟지 않으면 되돌릴 수 없을 노화가 진행되고 푸석해진 피부가 젊었을 때 관리하지 못했던 정직한 결과물로 나타나기 시작했다. 거울을 볼 때마다 스트레스가 쌓이고 이렇게 나이가 들어버린 건가 마음까지 우울해졌다. 그러다 '내가 이러고 있으면 안 되겠다'는 생각이 들었다. 깨끗한 피부를 되찾기 위해 뭐라도 해야겠다고 결심했다. 돈이 생기면 피부관리를 받으러 가기도 하고, 피부에 좋은 이너뷰티도 잘 챙겨 먹어보고, 아무리 늦게 들어와서 피곤한 날이라도 깨끗하게 화장을 지우고, 기초 단계를 꼭 지켜서 기초 케어를 해주며 하나하나 노력을 하다 보니 어느새 지금은 많은 사람들이 피부 관리비법을 물어볼 정도로 오히려 20대보다 좋은 피부를 가지게 되었다.

지금 다이어트를 하고 싶다면 야식 먹고 싶은 걸 좀 참고 밖에 나가서 뛰거나 운동 영상이라도 틀어놓고 땀 흘리는 노력이 필요하다. 내가 피부가 좀 안 좋다면 '왜 내 피부가 이렇게 되었을까'를 돌아보고 피부에 좋지 않은 습관은 끊어낼 수 있어야 한다. 정보를 알아보고 꾸준하게 팩을 한다든지, 피부과 시술을 위해 돈을 모으는 노력을 해야 할 수도 있다. 귀찮더라도 일단 행동을 하면 그것이 쌓여서 결과를 만든다. 나는 망가진 피부를 되살리는 과정에서 내가 원하는 게 있으면 그만한 투자를 해야 된다는 걸 알았다. 꼭 돈만을 투자하라는 게 아니다. 노력, 시간, 거기에 쏟는 내 열정 등 모든 것을 투자해야 원하는 결과를 얻을 수 있다.

보통 사람들은 SNS를 보며 '저 사람은 타고날 때부터 저렇게 예쁜 것 같은데 난 왜 이 모양일까' 하고 우울해하는 것에서 끝날 뿐 SNS 속 내가 부러워하는 저 사람이 누군가의 부러움의 대상이 되기까지 얼마나 관리하고 어떤 노력을 했을지에는 큰 관심이 없다. 아침에 일어나서 미지근한 물한 잔을 마시는 게 피부와 건강에 좋다는 걸 다 알지만 귀찮아서 아무도 하지 않는다.

성공하는 방법, 건강해지는 방법, 예뻐지는 방법, 좋은 인간관계를 만드는 방법은 이미 수많은 정보가 공개되어 있지만 성공하는 사람, 건강해지는 사람, 예뻐진 사람, 건강한 인간관계를 가진 사람은 드물다. 그 이유가 무엇일까? 그런 노력은 하나같이 하기 싫고 귀찮기 때문이다. 하지만 인생의 질은 하기 싫고 귀찮은 그 무언가를 하나씩 실천할 때 비로소 올라가기 마련이다. 당신에게도 그런 일이 있다면 아주 작은 것부터 하나만 행동으로 옮겨 보자. 나도 누군가에게 부러움의 대상이 될 것이다.

❖

무엇보다 나를 가장 아름답게 만드는 건

나 스스로가 나를 가치 있는 사람으로 여기는 거야.

외모가 어떻든, 무슨 일을 하든 있는

그대로의 나 자신을 아껴주고 사랑하는 것만큼 가치 있는 투자는 없어.

그러니 스스로를 아껴주길, 다독여주길, 잘했다고 칭찬해주길.

잘 할 수 있다고 응원해주자.

넌 뭐든 잘 할 거고, 잘 해낼 테니.

'생명'이라는 것을 함부로 놓을 수도, 놓아서도 안 된다는 걸 몸소 체험한 이후에도 나는 한동안 '나'와 내 '인생'에 대해 별 기대감 없이 살았다. 자존감이 바닥이었던 나는 항상 '남들이 나를 어떻게 볼까?', '다른 사람들한테 무시당하지 않으려면 어떻게 해야 하지?' 하며 세상의 시선과 타인의 기대를 맞추려고 애쓰며 살았다. 진정으로 내가 누구인지, 나는 무엇을 좋아하고, 나는 무엇을 꿈꾸고, 나는 무엇을 가지고 싶은지 생각해본 적이 없었다. 그러다 남편을 만나고 아이를 낳고 조금씩 생활이 안정되어 가면서 '나다운 모습으로 산다는 건 뭘까?' 생각해보게 되었던 것 같다. 그즈음

'내가 사는 이유(사이유)'라는 내 유튜브 채널이 탄생했다.

'사는'이라는 동사에는 살아간다(live)는 의미와 인생(life)이라는 의미 그리고 구입하다(buy)라는 의미가 중의적으로 담겨있다. 그래서 내 유튜브 채널은 내가 살아가는 진솔한 모습과 내가 가진 인생에 대한 가치관, 그리고 시청자들에게 공유하고 싶은 물건들을 소개하는 것이 주된 콘텐츠다. 유튜브의 시작은 내 인생의 전환점이 되었다. 지나온 삶을 돌아보며 한 챕터를 마무리 짓고, 앞으로의 삶을 더 잘 살아내고 싶어진 커다란 동기가 되어 주었다.

내가 '사이유' 채널을 운영하고부터 가장 변화된 점이 있다면 나 자신에 대해 큰 자신감이 생겼다는 것이다. 물론 내 모습 그대로를 응원해주고 지지해주는 구독자분들 덕분이다. 내가 더 멋진 사람이 되고 싶게 하고, 내가 단점이라고 생각했던 부분들도 빛나게 해주는 감사한 분들이다. 나를 닮고 싶다고 말하는 사람이 많아질수록, 나의 태도를 배워야겠다고 말하는 사람이 많아질수록 부담스럽다는 감정보다는 '내가 더 잘 살아야겠다'라는 열정과 자신감이 차오른다.

한때도 유행했고, 요즘에도 그 인기가 사그라들지 않는 오디션 프로그램에서 우승을 하거나 상위권에 진출한 참가자들을 보면 하나같이 자신감이 있다. 아마추어이지만 프로처럼 무대를 꾸미고 자신이 가진 잠재력을 200%까지 꺼내 심사위원에게 보여준다. 그런 사람들은 이미 자신의 분야에서 레전드인 심사위원들마저 들썩이게 하고, 자신의 무대에 빠져들게 만들어버린다. 반면에 중도탈락하는 참가자들은 대부분 "무대에 자신감이 보이지 않아요. 자신감 없는 태도는 당신의 매력을 떨어뜨려요"와 같은 지적을 받곤 한다. 하다못해 가위바위보를 해도 '당연히 내가 이긴다'는 마음으로 하는 사람과 '어차피 가위바위보는 운이고 질 수도 있다'고 생각하는 사람은 얻는 결과가 다를 것이다.

20대 때는 어릴 적부터 가족에게 채워지지 못한 관심과 사랑을 친구나 연인으로부터 채우려고 애쓰곤 했다. 항상 남들에게 평가받는 것에 대해서 걱정하거나 두려워했고, 그 관계를 잃을까 늘 전전긍긍했었다. 알바를 하거나 직장에 들어가서는 누가 시키지 않아도 정말 열심히 일하곤 했는데 그 이유도 역시 인정받고 사랑받고 싶은 욕구가 있어서였다. 그러다 보니 일머리가 늘고 완벽주의 성향이 강해져서 어딜 가나 일 잘한다는 소릴 들었지만, 지금 생각해보면 그것도 역시 건강한 자존감에서 나온 행동은 아니었던 것 같다.

또 나 자신을 잘 믿지 못하니 내가 하는 결정에 대해서도 믿지 못하고 다른 사람들에게 계속 확인하거나 아예 나의 결정을 다른 사람에게 미루고 맞춰주려고만 하는 소극적인 성향으로 변해갔다. 특히 연애를 할 때면 상대방이 나만 바라봐주길 원하고, 연락이 안 되면 극도의 불안함을 느끼고, 거의 집착에 가까울 만큼 친구들 다 끊고 이 사람만 만나야 한다고 생각했다. 그러다 헤어지면 세상이 전부 나에게 등을 돌린 것처럼 느껴져서 많이 힘들어하고 괴로워했다. 그때의 나는 자존감이라는 것이 거의 없다시피 했던 것 같다. 어떻게 높여야 하는지도 몰랐고, 그냥 그렇게 살아갈 수밖에 없는 줄 알았다. 그저 남의 인정과 관심, 사랑에 목이 마른 어린아이 같았다.

자존감이 높고 언제나 당당한 태도로 팬들의 사랑을 받는 배구선수 김연경의 영상을 본 적이 있다. 사람들이 자신에게 다들 "자존감이 높은 건 타고나신 건가요?"라고 묻지만, 처음부터 자존감이 높았던 것도 아니었고 어릴 때는 키가 작아서 "그 키로 무슨 배구를 할 수 있겠냐?"는 부정적인 말도 많이 들었다고 한다. 그러다 20대에 해외 구단에 입단하면서 자연스럽게 혼자 있는 시간이 많아졌고, 10년의 타국생활 동안 자기 자신에 대해 정말 많은 것을 알게 되었다고 했다.

"우리는 남의 얘기는 귀 기울여 들어요. '너 못 생겼어!' 그러면 그걸 귀 기울여 듣고 상처를 받잖아요. '너 잘했어!' 그것도 귀 기울여 들으면서 기뻐하고요. 근데 정작 자기 자신이 무슨 얘기를 하고 있는지는 귀담아 듣지 않는다는 거예요. 근데 그게 진짜 중요한 것 같아요. 보통 자존감은 자신이 희망하는 기대에 못 미쳐서 자신에게 만족하지 못할 때 낮아지게 되는데요. 저는 제가 갖고 싶은 것과 하고 싶은 것에 대한 기대를 많이 내려놓았어요. 그러니까 작은 것에도 만족하게 되고 자존감은 자연스럽게 올라가더라고요. 사람은 항상 내가 가지고 있는 것보다 더 갖고 싶은 마음이 있잖아요. 근데 저는 자존감이 생기면서 더 갖고 싶고 뭔가 더 하고 싶다는 생각이 많이 없어졌어요. 뭔가 거기에서부터 이제 시작이 되는 것 같아요. 그 자존감이라는 거. 그리고 자존감이 높아질지 낮아질지에 대한 갈림길은 바로 실패와 마주하게 되는 순간일 때인 것 같아요. 그런 의미에서 실패는 기회이기도 하죠. 실패를 부정적으로만 받아들이면 거기서 그냥 끝이지만, 실패를 경험으로 받아들이면 실패가 쌓일수록 자존감도 높아지고 더 단단한 사람이 될 수 있어요. 항상 무슨 일을 할 때 한 번에 성공하는 사람들도 있지만, 보통은 몇 번을 넘어지잖아요. 넘어지고 넘어지며 나중에 이루는 사람은 결국 한 번에 성공한 사람보다 더 탄탄하고 더 높은 곳으로 성장하는 사람이 된다고… 저는 그렇게 믿고 있어요. 뭔가 실망을 했으면 또 실망한 대로 뭔가 또 배움이 있을 거란 말이에요."

그녀의 이야기에 많은 부분 공감이 되었다. 나도 유튜브를 시작하면서부터 나에 대해 하나씩 알아가는 중이기 때문이다. '아, 나 이런 거 좋아하는 사람이었네. 나한테 이런 모습이 있었구나. 억지로 내 모습을 만들어내지 않아도 나의 있는 모습 그대로도 사랑받을 수 있구나' 하는 것들을 비로소 깨달으면서 나의 자신감, 자존감도 점점 회복되어 가고 있다.

이제 내가 사는 이유는 누군가에게 인정을 갈구하고 관심을 받기 위해서가 아니다. 내가 나답게 행복해지기 위해서다. 하루하루 내가 할 수 있는 것을 열정적으로 해내고, 좋은 사람들을 만나며 그들에게서 배우고, 소소한 꿈을 이루면서 사는 지금, 나는 누구보다 행복하다고 느낀다. 앞으로도 나는 매 순간 나를 아낌없이 사랑하고 지지해주는 유일한 '내 편'이 될 것이다.

❖

이제는 알아.

내가 나를 잘 모른 채로 타인에게 잘 보이기 위해 애쓰고

남들에게 굽실거리며 맞출수록 나는 더 매력 없는 사람이 되고,

내가 가까이 지내고 싶은 멋진 사람들도 내 곁에 남지 않는다는 것을.

그러니 '나'답게 살아.

타인에게 휘둘리고 맞추느라 나만의 고유한 색을 잃어버린다면

그것만큼 슬픈 일은 없는 걸.

처음에는 힘들 거야. 누군가는 싫어할 거고.

그런데 그렇게 자신만의 색을 꾸준히 드러낸다면,

그 색을 좋아하는 사람들이 나의 곁에 하나둘 모일 거야.

제2장

나는 나를 믿어

누구도 내 인생을 챙겨주지 않아

드라마 〈닥터 차정숙〉의 주인공 차정숙은 의사인 남편과 의대 인턴 과정 중인 아들, 미대 입시를 준비 중인 딸, 자신을 탐탁하게 여기지 않고 은근히 시집살이를 시키는 시어머니와 함께 산다. 그녀는 바쁜 남편과 아이들을 챙기며 아내로, 엄마로, 며느리로 20년을 살아왔다.

어느 날 차정숙이 의사 친구를 만나고 집으로 돌아오는 길이었다. 대중교통 안에서 한 승객이 갑작스럽게 쓰러지며 주변 사람들이 혹시 의사가 없는지 다급히 찾기 시작했다. 차정숙은 조심스럽게 혼잣말처럼 "내가 의사인데…"라고 했고, 사람들은 차정숙에게 얼른 응급조치를 해줄 것을 기대했다. 하지만 차정숙은 아무것도 할 수가 없었다.

왜냐면, 자신 역시 남편과 캠퍼스 커플로 의대를 졸업했지만 인턴을 마치고 수련의 과정에 들어가기 직전 임신 사실을 알고 그동안 출산과 육아로 의사의 꿈을 포기했기에 선뜻 나서지 못한 것이다. 다행히 환자는 구급차에 실려 이송되었고, 그날 집으로 돌아온 차정숙은 혼란스러운 마음을 애써 숨긴 채 평소처럼 집안일을 하고 가족들을 돌보는 데 최선을 다했다.

설상가상으로 며칠 뒤 차정숙은 외출을 했다가 갑자기 쓰러지게 되고 응급실에 실려 가 '급성간염'이라는 청천벽력과 같은 소식을 듣게 된다. 급히 보호자가 필요했지만, 남편은 학회 참여로 유럽에 있었고, 시어머니는 전화를 받지 않았다. 차정숙은 어쩔 수 없이 친정엄마에게 전화를 하게 된다.

급기야 간 이식을 받아야 한다는 충격적인 진단이 내려지고, 차정숙은 그나마 간 이식이 가능한 남편이 수술을 망설이는 모습과 당일까지도 남편을 걱정해 절대 간 이식을 하지 말라고 뜯어말리는 시어머니를 보며 서러운 마음을 애써 억누른다. 다행히 기적처럼 다른 기증자가 나타나 무사히 수술을 마치고 회복 후 집에 돌아왔지만, 삶의 전부라고 생각했던 가족들이 외면하는 모습, 서운할 만큼 내가 없어도 행복한 모습을 보며 이런 독백을 한다.

"외로움에 대한 각성은 불현듯 찾아온다. 우아하고 완벽했던 나의 아름다운 가족, 그들에게 난 무엇이었을까?"올봄 많은 기혼 여성들의 마음을 뒤흔든 드라마 〈닥터 차정숙〉의 초반 줄거리다. 나는 이 내레이션을 듣는 순간 가슴속에 깊은 울림이 느껴졌다. 아마 내가 워킹맘이라서 더 와닿았던 것이겠지. 결혼을 하면 남자든 여자든 혼자였을 때보다는 무언갈 잃는다거나 포기해야 할 것들이 있다고 생각할 수 있다. 나는 임신 막달까지 출근을 하며 한 달 일찍 조산하는 바람에 출산 휴가도 없이 일했고, 조리원에서부터 아이가 50일이 될 때까지도 재택근무를 했다. 그러다 회사 일이 원활히 돌아가지 않아 아이가 100일도 채 되기 전 회사에 출근해야 했다. 육아와 일을 병행하며 밤중 수유로 인해 잠이 항상 부족해서 늘 피곤해하는 모습, 초췌하고 늘 지쳐있던 내 모습 때문에 함께 짜증이 쌓여가는 남편을 보면서 '여자는 진짜 나 자신을 잃으면 안 되겠구나'라는 생각이 들었다. 내 인생을 챙길 수 있는 사람은 나뿐이라는 걸 그때 절절하게 느꼈다. 물론 사랑하는 배우자와 자녀 모두 소중하지만, 나 자신을 버리면서까지 가족을 돌봐야 할 이유는 어디에도 없다.

그러니 이 책을 읽는 당신이 엄마의 위치에 있다면 자신이 불행해지면서까지 가족들에게 희생하지 않았으면 좋겠다. 가족을 위해 몸과 마음을 다 바칠 필요 없다. 사랑이 곧 희생을 의미하진 않는다. 물론 전업주부로 행복하게 가정을 만들어가는 분들도 있음을 안다. 그런 분들도 마찬가지로 너무 가족에게만 헌신하지 않았으면 좋겠다. 내 말은 가족을 방치하고 아예 손을 놓으라는 말이 아니다. 가족에게 나의 에너지를 100% 쏟아붓고 있었다면 90% 정도만 쏟아붓고 단 10%만이라도 자신을 챙겨야 한다는 말이다. 식사 준비로 가끔 반찬 배달을 시켜도 괜찮다. 또 가끔은 외식을 제안해도 좋을 것이다. 건강에 좋은 음식 챙겨주고, 가족들 건강 챙겨주고 싶은 마음이야 누구나 다 같겠지만, 정작 나 자신은 누가 챙겨준단 말인가.

"남편과 아이에게 좋은 옷, 좋은 음식, 좋은 영양제 매일 챙겨주면서 정작 나 자신도 그렇게 살뜰히 챙겨주고 있나요?"

내가 나를 지키지 않으면, 절대 다른 누구도 내 인생을 챙겨주지 않는다. 엄마가 행복해야 가정이 행복해진다는 말은 엄마를 위해 하는 단순한 위로가 아니다. 내가 행복해야 내 아이도, 내 남편도, 내 가정도 행복할 수 있다. 지금 '나는 행복한가?' 하고 자신에게 물어보자. 마음 한구석에 무기력함, 우울함, 화, 좌절 등 부정적인 생각, 감정들이 자리 잡고 있다면 이제는 모른 척, 괜찮은 척 외면하지 말자. 내 가족의 마음을 살피듯 내 마음을 살펴주고, 내 가족을 챙기듯 자신을 챙겨보자. 결국 내 마음을 케어할 줄 알아야 남편의 마음, 아이의 마음도 케어할 수 있는 힘이 생긴다.

❖

내가 나를 지키지 않으면, 절대 다른 누구도 내 인생을 챙겨주지 않아.

그러니 나 자신부터 이기적일 정도로 챙기길.

내가 행복해야 내 주변 모두가 행복해지니까.

만약 지금 자신의 행복을 타인의 행복을 위해 희생하고 있다면,

그게 행복이라 생각하며 애써 버티고 있다면

다시 한번 스스로를 돌아보길.

나부터 챙겨주길.

좋은 옷, 좋은 음식, 좋은 환경을 나에게 선물해주길.

내 몸과 마음을 풍요롭게 만들어 주길.

세상 누구보다 소중한 당신이니까.

모든 건 생각하기 나름이야

얼마 전, 내 유튜브 영상에 한 구독자분이 댓글을 남겨주셨다.

'사회초년생인데요. 저처럼 20대 초반의 시청자들에게 해 주고 싶은 이야기가 있으실지, 또 20대를 후회 없이 보내려면 어떻게 해야 할지 언니만의 팁이 있다면 영상으로 만들어 주세요.' 그 댓글을 보고 곰곰이 생각해보게 되었다. 20대 초반의 사회초년생분들에게 내가 무슨 말을 해드릴 수 있을까 하고 말이다. 나는 대단한 사람도 아니고 누군가에게 뭘 알려줄 만한 엄청난 스펙을 가지고 있지도 않다. 이건 자존감이 낮아서 하는 이야기도 아니고, 겸손함도 아니다. 정말 객관적으로 봤을 때, 내 인생을 조금이라도 행복하게 만들기 위해 하루하루 열심히 살아가려 노력하는 30대의 여느 워킹맘과 다르지 않기 때문이다. 다만, 인생에서 만나는 모든 일은 내가 어떻게 생각하느냐에 따라 달라질 수 있다는 것만은 꼭 말해주고 싶었다.

옛날 어느 나라의 변방에 한 노인이 살고 있었다. 어느 날, 그 노인이 키우던 말이 멀리 도망을 가버리고 말았다. 하나뿐인 자산을 잃은 노인에게 동네 사람들은 안타까워하며 이렇게 말했다.

"쯧쯧, 그 좋은 말이 사라지다니 상심이 크시겠네요."

하지만 노인은 태연하게 대답했다.

"혹시 모르지요. 이것이 좋은 일이 될지 말입니다."

얼마 후, 잃어버렸던 노인의 말이 다시 집으로 돌아왔는데 자신보다 더 훌륭한 말을 함께 데려온 것이 아닌가. 동네 사람들은 다시 축하의 말을 건넸다. 하지만 노인은 또다시 태연하게 대답했다.

"이 일이 화가 될지는 아무도 모르는 일이지요."

며칠 뒤, 노인의 하나뿐인 아들이 그 말을 타다가 떨어져 다리가 부러지고 말았다. 동네 사람들은 다시 노인을 위로하기 시작했지만, 그는 이번에도 아무렇지 않다는 듯 대답했다.

"누가 알겠소? 이 일이 좋은 일이 될지…."

몇 년 후 나라에는 큰 전쟁이 났고, 마을 청년들은 모두 전쟁터에 나가 죽거나 큰 부상을 당했지만, 이미 다리를 다친 노인의 아들은 전쟁에 나가지 않아 죽지 않게 되었다.

이 이야기에서 유래된 '인생은 새옹지마'라는 말처럼 인생은 어차피 좋은 일과 안 좋은 일의 반복과 연속이다. 인생이 항상 좋은 일, 행복한 일, 기쁜 일로만 채워진 사람은 없다. 그러니 좋은 일이 생겼다고 너무 들떠서 자만에 빠질 필요도 없고, 안 좋은 일이 생겼다고 너무 낙담할 것도 아니다. 뭐든 내가 어떻게 생각하고 어떤 마음으로 받아들이냐에 따라 안 좋은 상황도 좋게 바꿀 수가 있고, 내 기분이 너무 가라앉지 않게 조절할 수도 있다.

주변을 둘러보면 조그마한 휴대폰 속 SNS 세상을 들여다보며 '남들은 다 가진 것처럼 사는데 난 왜 이렇게 초라하지?', '얘는 나보다 능력이 떨어지는 것 같은데 왜 더 행복해 보이지?', '이 사람은 맨날 이렇게 돈 쓰고 다닐 수 있어서 좋겠다. 난 이뤄놓은 것도 없고 뭐지?' 등등 사진 한 장에 괜히 자기 자신을 불행과 우울 속으로 떠미는 사람들을 흔히 볼 수 있다.

하지만 그 생각을 조금만 돌이켜 보면 그 사진 한 장에 담긴 모습이 그 사람의 전부가 아님을 알 수 있다. 몇 달 내내 힘들게 일하고 1박 2일 짧은 여행을 떠났다가 찍은 사진일 수도 있고, 몇 년 동안 고생한 자신에게 좋은 명품 가방을 셀프 선물한 기념으로 찍은 사진일 수도 있다. 사진 너머에 있는 현실은 오히려 나보다 더 힘들 수도 있고, 나보다 100배는 더 노력하는 사람일 수 있다. 각자의 사정은 사진 몇 장만으로는 절대 알 수가 없다. 돈보다 젊은 에너지가 더 많을 수밖에 없는 20대 사회초년생이라면 이 사실을 빨리 인식해서 자신의 삶을 조금이라도 더 행복하게 만드는 데에 더 집중했으면 좋겠다.

그리고 오랜 고민 끝에 구독자의 요청에 따라 '20대 사회초년생에게 해 주고 싶은 이야기'를 짧게 영상으로 만들었는데 거기서 내가 했던 이야기들을 이 지면에도 간략히 옮겨 본다.

첫 번째, 무언가를 행동했다면 후회하지 않으면 좋겠다. 어린 시절에 나는 스스로를 지켜야 했고 스스로가 가장이었기 때문에 모든 면에서 혼자 선택을 해야 했었는데 그 선택들이 나는 항상 두려웠다. 예를 들어, 친구들과 음식을 먹으러 가서 메뉴를 고르는 작은 선택마저도 어려웠다. 괜히 내가 결정한 음식을 다 같이 먹었는데 맛이 없다고 하면 어떻게 하나 싶었기 때문이다. 선택에 따르는 책임이 두려웠던 것 같다. '내 탓을 하면 어떡하지? 이렇게 말하지 말걸, 이렇게 행동하지 말걸….'

어쩌면 내가 하는 모든 말과 행동에 항상 후회가 뒤따랐던 것 같다. 그런데 살아보니 시간은 되돌릴 수 없고, 어차피 내가 선택한 일이라면 그것 또한 정해진 내 운명이 아니었을까? 그때의 내 선택 덕분에 지금의 내가 있을 수 있었다고 생각하면 '모든 것들이 다 이렇게 될 과정이었구나' 하고 여기게 된다.

남편과 결혼하기 전까지만 해도 나는 어린 시절부터 내게 주어진 환경에 대해 늘 원망만 했었다. 하지만 내가 누구보다 힘든 과정을 겪었기 때문에 앞으로 더욱 단단해져야겠다는 결심으로 늘 노력하게 되는 것 같다. 신이 있다면 유난히 여리고 멘탈이 약한 나를 알고 더 단단하게 만들기 위해 어린 시절부터 그렇게나 혹독한 트레이닝을 시킨 것은 아닐까 하는 생각이 든다. 그렇게 모든 건 생각하기 나름인 것 같다. 그렇게 생각을 바꾼 뒤 원망스러웠던 나의 어린 시절의 고통들은 지금 되돌아보면 모든 것이 그냥 다 감사한 과정이었다.

같은 사회초년생이라더라도 누군가는 학생의 신분을 끝낸 시점일 수도 있고, 누군가는 사회생활을 이제 막 시작한 시점일 수 있기에 나이는 다

다를 것이다. 이 글을 읽는 독자의 나이가 얼마이든 우리에게 주어진 시간은 그리 길지 않기에 후회할 시간이 있다면 차라리 앞으로 나아갈 방향을 고민해 보는 편이 더 인생에 도움이 될 것이다. 아쉬움이 남더라도 그 아쉬움을 원동력으로 삼을 수 있는 방법을 찾아보자.

두 번째, 자신의 선택을 믿는 것이다. 지금까지 살아오면서 우리는 수많은 선택을 했다. 그 수많은 선택 덕분에 지금의 우리가 있는 거니까 앞으로의 선택에서도 자기 자신을 조금만 더 믿어 봤으면 좋겠다. '내 인생의 주인은 나니까 내 마음이 선택한 길을 이왕이면 힘차게 응원하자'고 마음먹으면 잘 풀리지 않을 일도 하늘이 돕지 않을까. 물론 성인으로서 내가 한 모든 행동에 책임이 따르기 마련이지만 어떤 일이든 그것은 '책임'이지 '탓'이 되어서는 안 된다. 그리고 때로는 많은 생각보다 '그냥 해보자' 하는 작은 결심이 큰 결과를 만들어내기도 한다.

세 번째, 자신과 맞지 않는 관계에 매달리지 말라는 것이다. 만나는 사람들이 내 마음에 들지 않고 나랑 맞지 않는다고 해서 단숨에 그 인연을 끊어내라는 말은 아니다. 살다 보면 정말 친하게 지내는 친구나 연인도, 평생을 함께 가야 할 배우자나 가족도 매번 마음이 맞고 또 매번 좋기만 하진 않다. 그 사람들을 미워해 봐야 결국 그게 더 큰 미움을 불러오고 화

내 봤자 내 마음만 힘들 뿐이지 절대 그 상황이 나아지지는 않더라. 또 모든 것을 사랑하면 좋지만 나를 괴롭히는 것들마저 사랑할 수는 없다. 굳이 엮이지 않아도 되는 일들과 인연들을 내 안에 두지 말고 흘려보낼 것은 미련 없이 흘려보냈으면 좋겠다.

'내 인생을 최고로 만들 수 있는 강한 힘.'

이제는 내 좌우명이 된, 카카오톡 프로필에 적어 둔 문구다. 언젠가 어느 책에서 발견했는데 읽자마자 마음에 와닿았다. 결국 내 삶을 최고로 만들 수 있는 건 나뿐이고, 인생을 최고로 만들 수 있는 강한 힘을 갖기를 바라면서 스스로에게 항상 되뇌는 말이 되었다. 이 책을 읽는 독자분들도 각자 자신의 인생을 최고로 만드는 강한 힘을 가진 단단한 사람이 되었으면 좋겠다.

복잡한 생각도, 힘든 감정도 다 내 마음이 만들어내는 거야.

스스로를 보잘것없이 여기고, 환경 탓, 남 탓만 하다 보면

정말 그런 사람, 그런 인생을 살아가게 될 수도 있어.

예전에 내가 그랬으니.

하지만 이제는 그러지 않기로 했어.

과거에 대한 후회, 원망에 얽매어

우리의 소중한 인생을 낭비하기에는 너무 아까우니.

그러니 이제부터라도 내가 원하는 최고의 삶을 상상해보길 바라.

그럼, 내 마음도 생각도 자연스레 그리로 가게 될 테니.

아직도 "난 자존감이 높아"라고 자신 있게 말할 수 있는 정도는 아니지만 "나 그래도 꽤 단단해졌다"라고는 느낄 만큼 20대에 비해 내 마음이 많이 건강해진 것 같다. 어릴 때는 자존감은 커녕 '나'라는 사람도 없었다. 늘 남의 시선과 남의 생각을 기준으로 나를 맞춰갔다.

가족이 없어서였을까? 유난히 다른 사람들보다도 관계에 대한 집착이 컸다. 관계를 잃었을 때 찾아오는 우울감이 누구보다 컸다. 그래서 '내 행동과 말 하나로 인해 이 관계를 잃으면 어떡하지?'라는 걱정에 남의 눈치를 정말 많이 보고 살았다.

시련을 이겨낸 방법과 노하우라고 할 만한 건 없지만, 지금 되돌아보면 '유난히 멘탈이 약하고 여린 사람인데 세상에 혼자 남겨졌으니 신이 내게 트레이닝을 시켜주었다'고 생각한다. '왜 나한테만 이런 시련이 계속되는 걸까?'가 아니라 '단단하게 살아가라고 나에게 더 혹독한 훈련을 시켜주시는구나' 이렇게 생각과 마인드를 바꿨다. 이것이 내 비법이라면 비법이다. '이 일이 지나고 나면 더 좋은 일이 있을 거야. 지금은 그곳에 닿기 위한 과정이야'라고 생각하는 게 이겨내는 방법이 아닐까 싶다. 그러니까, 생각의 차이인 것 같다.

예전에는 사소한 사건이라도 뭐가 하나 터지면 몇 날 며칠 잠도 못 자고 그 스스로 늪에 빠져버리곤 했다. 특히 유튜브를 시작하고 나서는 악플이 하나만 달려도 온 세상이 무너진 것처럼 침울해지고, 마치 세상 모든 사람에게 미움받는 것 같은 두려움이 컸다. "저 사람 당신이 인생을 살면서 한 번이라도 마주칠 거라고 생각해? 절대 당신 인생에 마주치지 않을 사람인데 그 사람 때문에 감정과 에너지를 소비하지 마."

그럴 때마다 남편의 조언이 큰 힘이 되어 주었다. 지금은 그래서 이해할 수 없는 악플을 마주할 때면 그 사람들을 측은한 마음으로 바라보려 노력한다. 미워할 수 있는 상대방을 연민으로 바라보게 되면서 내 갈 길을 묵묵히 걸어갔고, 하나하나 이뤄내면서 그게 성과로 나타나니 바닥을 쳤던 자존감이 조금씩 회복되어 갔다. 사람마다 힘든 순간은 매번 찾아온다. 그 힘든 순간이 한 번에 찾아오느냐, 하나씩 찾아오느냐의 차이인 것 같은데 나는 아무래도 어릴 때 힘든 게 한 번에 몰려왔던 것 같다. 물론 지금도 견디기 힘들 때도 있지만 이제 과거의 나보다는 스스로를 지켜낼 수 있는 힘을 가지게 되었다.

누구나 멀리서 보면 다 행복해 보인다. '삶이란 멀리서 보면 희극이고 가까이서 보면 비극'이라는 말이 있는 것처럼. 나도 평범한 사람이니 나 빼고 이 세상 사람들이 다 좋아 보이고 행복해 보일 때가 있다. 그럴 땐 내 안에 열등감을 폭발시키기보다 '내가 낮은 사람이라고 해서 나를 깎아내리지 말고 나도 저 사람을 보고 배워야지' 하며 배울 점을 찾는다. 자신의 자존감이 낮다고 생각하는 분들이 있다면 내가 보기에 나보다 잘났다고 생각하는 사람과 비교하면서 스스로 열등감을 갖지 않았으면 좋겠다. 어떠한 어린 시절을 보냈든 우린 이제 어른이 되었고, 어른으로서 내 인생을 선택해 나갈 수 있는 힘이 있기 때문이다.

나는 남편을 만나서 점점 더 멋진 사람이 되어 가고 있다고 생각한다. 나는 어릴 때부터 눈물이 참 많았다. 아마 그동안 쌓인 해소되지 못한 억울함, 분노, 나에 대한 연민 같은 것들이 특정한 상황에 맞닥뜨리면 눈물이 되어 쏟아지는 것 같았다. 특히 남편이랑 싸울 때는 내 감정에 북받쳐서 하고 싶은 말도 똑바로 못하고 눈물만 흘릴 때가 많았다. 남편은 그런 나를 절대 받아주지 않았다. 처음에는 서운할 때도 많았다. 그러나 지금은 생각을 바꾸니 서운함이 고마움으로 바뀌게 되었다. 그 생각을 바꾸지 못했다면 난 아직도 '내 감정을 공감해주지 못하는 남편과 사는 세상 불쌍한 사람'이라고 여기며 불쌍히 살아가고 있었을 거다. 우는 나를 그때마다 달래주었다면 나는 눈물이 무기가 되어 시도 때도 없이 눈물을 흘리면서 살아갔을 수도 있고, 남편이 눈물을 받아주지 않았기에 눈물이 멈추고 오기가 생겨서 '내가 보여줄게'라는 마음으로 내 삶에 집중할 수 있는 힘이 생겼다. 그로 인해 강해졌고 성장했다고 생각한다. 그래서 누구와 함께 하느냐도 참 중요한 것 같다. 내 옆에 누가 있는지에 따라 인생이 너무 많이 바뀌니까 말이다.

내가 본 남편은 처음 만났을 때부터 자존감이 높은 사람이었다. 나와 연애할 때는 돈이 없어도 남 눈치 보는 법이 없었고 어디서나 당당했다. 남의 눈치도 보지 않고 하고 싶은 말은 직설적으로 하는 모습에 옆에서 당황한 적도 많았다. 그래서 언제는 "오빠는 그때 어떻게 그런 태도를 유지할 수 있었어?"라고 물으니 남편이 이렇게 대답했다.

"나도 처음부터 자존감이 높았던 건 아니야. 나는 그냥 내가 되고 싶은 다른 캐릭터를 만든 거지. 돈이 없으면 자존감 높기가 정말 어렵잖아. 돈이 없으면 좌절하는 게 너무 많기 때문에… 그치만 그걸 이겨내려면 돈을 벌어야 되는데 돈을 벌려면 자존감이 또 따라와야 돈이 벌리거든. 그러니까 다른 캐릭터(부캐)를 만든 거지. 나는 '반드시 성공할 수 있다'는 믿음밖에 없었어. 내가 지금은 비록 비루하지만 나는 잘될 수 있는 사람이라고 계속 생각했거든. 난 그걸 잊어본 적이 없어. 사람들은 자신에 대한 확신이 없어. 하지만 믿어야 돼. 진짜 미쳐서 돌아버려야 되는 거지."

사업을 하는 데 있어서도 정반대인 우리의 성향은 시너지 효과를 냈다. 남편은 진취적이고 추진력 있게 일을 벌이지만 놓치는 것들이 많은 편이다. 반면에 나는 꼼꼼하고 조그만 것도 확인하는 습관이 있어서 남편이 놓치는 것들을 다 챙기면서 가는 스타일이다. 사람들이 부부가 함께 일하면 매일 싸우지 않냐고 묻곤 하는데, 우리는 서로 보완이 되는 관계이기도 하고 상하관계가 확실히 정해져 있기 때문에 오히려 주말에 쉬면서 사적인 이야기를 나누기 시작하면 싸우는 일이 있더라도 일할 때는 잘 싸우지 않는다.

커리어 우먼이 이상형이었다던 남편도 일하는 내 모습을 보며 멋있다고 생각하고, 지금까지 사업을 키우며 자산을 일군 것에 함께 고생한 내

공로를 인정해 주니 느리지만 조금씩 내 자존감도 서서히 높아지고 있음을 느낀다. 한때는 남편이 없으면 나는 아무것도 아니라는 생각이 컸지만, 지금은 내가 없었다면 남편 또한 지금의 위치에 없었을 거라고 생각한다.

힐러리와 클린턴이 어느 날 드라이브를 하다 주유소에 들렀다. 거기서 우연히 힐러리의 옛 남자친구를 만났는데 그는 주유소 사장이 되어 있었다. 주유를 마치고 부부는 다시 출발했고 클린턴은 어깨에 힘을 주며 힐러리에게 이렇게 말했다.

"힐러리, 당신이 나와 결혼하지 않았다면 지금쯤 주유소 사장의 부인이 됐겠지?"

그러자 힐러리가 이렇게 말했다.

"아니, 저 남자가 미국 대통령이 되었을 거야."

힐러리의 대답이 '자존감'에 대해 모든 것을 말해준다. 자존감은 당신의 삶을 충분히 달라지게 할 수 있다. 나 자신을 믿는다면 당신은 지금보다 더 멋진 사람이 될 거라 생각한다. 그 누구도 아닌 나 자신만이 내 삶을 최고로 만들 수 있다는 걸 잊지 말자.

❖

조금 더 스스로를 너그럽게 봐주고 보듬어주었으면 좋겠어.

나 자신을 믿고 꾸준히 앞으로 나아가길.

그럼 나도 모르는 새 훨씬 더 멋진 인생을 살게 될 거야.

딱 하나만 기억했으면.

그 누구도 아닌 나 자신만이 내 삶을 최고로 만들 수 있다는 걸.

나를 믿고 꾸준히 앞으로 나아간다면

그 누구와도 비교할 수 없는 행복한 인생을 살게 될 테니까.

나 자신을 믿어주는 순간부터 변하는 많은 것들

사람의 외모와 겉모습에 가치를 두어 판단하는 것을 '외모 지상주의'라고 한다. 사실 부정적인 의미로 받아들여지곤 하는 단어이지만, 현실에서 사람들은 외모를 꽤 중요시한다. 나부터도 낯선 사람을 처음 만나면 그 사람의 내면을 파악하기 이전에 외모나 전체적인 분위기로 그 사람이 어떤 사람인지 짐작해 보게 되니까. 사람들은 '외모보다 내면이 더 중요하고, 외모를 꾸미기보다 내면을 아름답게 가꾸어야 한다'고 말한다. 하지만 내 생각은 조금 다르다. 우리의 내면이 아름다운 보석이라면 그 보석을 담고 있는 우리의 몸은 보석 상자나 다름없다. 그러니 외모를 가꾸는 것은 곧 각자가 가진 소중한 내면을 보살피는 것과 같다. 스스로를 꾸미고 다듬고 손질하는 일은 하나의 성과이고 그 성과는 자존감과도 연결된다. 자존감이 높아지면 인생의 모든 것에 영향을 미치게 될 뿐만 아니라 내가 아름다워지는 만큼 다른 사람들에게 사랑받을 수 있고 그로 인해 더 많은 기회가 열린다.

2023년 내내 베스트셀러 자리에서 내려올 줄 모르는 책 『세이노의 가르침』에서도 '부티보다 귀티나게 외모에도 신경을 쓰라'고 이야기한다. 실제 1994년 아메리칸 이코노믹 리뷰에 '능력이 같아도 잘생긴 사람이 못생긴 사람보다 임금을 10% 더 받는다'는 연구조사 결과도 있고, 똑같은 죄인이라도 미녀는 무죄를 받을 확률이 더 높다는 미국 자료도 있다고 한다.

"머리 손질, 의상, 말투로도 당신은 변할 수 있다. 이때 부티를 내지 말고 귀티가 나도록 하라. 졸부처럼 돈과 상표만 걸치지 말고 귀족적 세련됨을 갖춰라. 그것은 온몸에서 퍼져 나온다. 전화 음성, 운전 습관, 의상 코디에서도 귀티가 나오게 하라, 그것이 진짜 매력이다. 외모가 주는 이점은 남들보다 앞선 출발선에 설 수 있다는 것이다."

내가 유튜브를 통해서도 자주 했던 말과 비슷하다. 전업맘이거나 집에만 있는 사람이라 할지라도 목이 늘어난 티셔츠에 떡진 머리를 하고 있지 말자는 것이다. 나 자신을 그렇게 아무렇게나 방치하지 말고 몸이 건강하지 않다면 운동을 하고, 피부가 좋지 않다면 피부관리를 하고, 머릿결이 푸석하다면 정성을 들여서 머릿결을 관리해보자. 책을 읽거나 무언가를 배우거나 도전을 하면서 지식과 경험을 쌓고, 자기관리를 열심히 해보는 거다.

내가 생각하는 '자기관리'는 그저 남들에게 예쁘게 잘 보이기 위해서 옷을 차려입고, 여자라면 무조건 늘씬해지기 위해 다이어트를 하고, 명품으로 머리부터 발끝까지 치장하는 것이 아니다. 가장 소중한 '나'의 '나다운' 모습을 되찾고 그런 나를 사랑해주는 것, 나는 그것이 자기관리인 것 같다. 나에게 좋은 것만 주고 싶은 마음, 나를 행복하게 해주고 싶은 마음, 나를 돌봐주고 아껴주면서 나를 대접해주는 것이 진정한 자기관리가 아닐까. 머리 좋은 사람들이 쏟아내는 갖가지 정보가 넘쳐나는 세상에서 돈 버는 법이나 똑똑하게 인생을 사는 법, 남들에게 호구되지 않는 자기계발도 좋지만 스스로를 사랑의 마음으로 가꾸는 것만큼 삶에 유용한 자기계발은 없는 것 같다.

'자기관리'라는 말이 어렵게 느껴진다면 마치 아이를 돌보듯이 나를 바라봐주고, 믿어주고, 관심을 가지는 것이라고 생각하면 좋을 것 같다. 나역시 나를 온전히 믿어주게 된 순간부터 나를 사랑하게 되었고, 내 매력이 무엇인지 알게 되었기 때문이다. 괜한 열등감과 자격지심으로 부러워 보이는 남의 삶을 어설프게 흉내 내며 시기 질투하지 말고 진짜 '나'의 모습을 하나씩 발견해가는 재미를 찾았으면 좋겠다. '아름답다'의 '아름'은 '나'를 뜻하는 말이고, '아름답게'는 '나답게'라는 뜻이다. 가장 소중한 '나의 나다운 모습'을 가꾸고 나를 사랑해보자.

어릴 때의 나는 유난히 남의 눈치를 많이 보고, 친구들과 함께 카페나 음식점에 가서도 내가 먹고 싶은 메뉴를 고르기보다는 친구들이 좋아할 만한 메뉴를 고르거나 내 의견이 있어도 친구들이 싫어할까 봐 말하지 못한 적이 많았던 것 같다. 지금 생각해보면 그건 스스로의 결정을 온전히 믿지 못하는 나의 마음 때문이었던 것 같다. 나는 보잘것없는 존재이고, 이들이 함께해주지 않는 내 삶은 불안하고 두려우니까 그들에게 의지할 수밖에 없었던 거다. 연애를 할 때도 마찬가지였다. 상대방이 하는 말이나 행동에 내 기분이 상해도 '내가 잘못한 거겠지. 그냥 내가 참으면 다 괜찮은 거야' 하며 나의 감정을 무시하고 모르는 척했다. 분명 누가 봐도 상대방이 잘못한 일이라 할지라도 무조건 내 탓이라며 나의 판단을 믿어주지 않았었다. 하지만 이제는 나의 이야기를 좀 더 많이 듣고 헤아려보려고 노력한다. 눈치를 봐야 하거나 관계를 유지하기 위해 억지로 만나는 인간관계는 더 이상 하지 않는다.

그렇게 조금씩 내가 나를 믿어주기 시작하니 내가 소중한 만큼 남들도 소중하다는 생각이 들었고, 사랑받고 인정받으려 힘들게 애쓰지 않아도 내게 사랑과 관심을 주는 사람들이 자꾸만 늘어갔다. 내가 나를 대접해주었더니 결국 내가 대접받는 삶으로 바뀌었다. 우리의 몸과 마음은 연결되어 있다. 마음이 변화하면 외면도 바뀌고 내가 살아가는 현실도 바뀐다.

어쩌면 우리가 가진 매력들도 내가 나를 믿어주는 순간 발현되는 것이 아닐까. 자존감이 바닥이었던 내가 나 자신을 믿어주는 순간, 많은 사람들로부터 사랑을 받는 사람, 멋지고 좋은 사람들과 함께하고 어울려도 전혀 어색하지 않은 사람으로 변화된 것처럼 말이다. 인생을 살면서 내가 나를 굳건히 믿어주고 나답게 가꿔가는 것이야말로 가장 기본적인 자기관리가 아닐까.

❖

온전히 자기 자신을 사랑하는 법을 배우기에 인생은 너무도 짧아.

내가 나를 믿어주고 사랑해준다면,

상대방도 그만큼 소중한 사람이라는 걸 느끼게 되지.

그렇게 되면 자연스레 상대를 배려하고 대접하게 되고,

그만큼 나도 상대방에게 배려받고 대접받게 될 수밖에 없어.

그렇다고 무례하고 배려 없는 사람들을 억지로 존중하고 배려하진 말길.

그런 사람들은 단호하게 끊어내길.

소중한 나 자신을 무례함으로부터 지켜내길.

좋은 사람들만 만나고 좋은 것들만 보고 좋은 생각만 하길.

그렇게 살면 훨씬 더 행복한 인생을 만들어갈 수 있을 거야.

위험으로부터 벗어나게 해달라고 기도하지 말고

위험에 처해도 두려워하지 않게 해달라고 기도하게 하소서.

고통을 멎게 해달라고 기도하지 말고

고통을 이겨 낼 가슴을 달라고 기도하게 하소서.

생의 싸움터에서 함께 싸울

동료를 보내달라고 기도하는 대신

스스로의 힘을 갖게 해달라고 기도하게 하소서.

두려움 속에서 구원을 갈망하기보다는

스스로 자유를 찾을 인내심을 달라고 기도하게 하소서.

내 자신의 성공에서만 신의 자비를 느끼는

겁쟁이가 되지 않도록 하시고

나를 실패 속에서도 신의 손길을 느끼게 하소서.

인도의 시인이자, 시집 『기탄잘리(신께 바치는 노래)』로 1913년 아시아인 최초 노벨문학상을 받은 라빈드라나트 타고르의 〈기도〉라는 시다. 우연히 알게 된 이 시는 마음이 힘들 때마다 '이 마음을 기꺼이 받아들일 수 있는 용기를 주소서' 하고 되뇌게 한다.

하루 종일 일에 쫓겨서 피곤하고 울적해지는 날이 있다. 아마 당신에게도 그런 날이 종종 찾아올 것이다. 나는 그럴 때면 머릿속에 들어차 있는 많은 생각들을 뒤로하고 찰나의 행복에 집중해본다. 내가 좋아하는 완미 족발을 먹는 순간, 좋은 사람들과 하하호호 웃으며 술 한잔을 기울이고 맛있는 음식을 함께 하는 순간, 남편과 아이와 함께 도란도란 이야기를 나누며 반짝이는 야경을 바라보는 순간, 화장도 잘 먹고 옷도 예뻐서 출근할 맛이 나는 순간, 회사 강의장이 열정적인 수강생들로 꽉 찬 순간, 운전하며 가는 길에 차 안으로 들어온 상쾌한 바람이 내 머리칼을 스치는 순간,

업무 시작 전에 한 모금 마신 바닐라라떼가 입 안 가득 달콤하게 퍼지는 순간 등 생각해보면 힘든 하루 중에도 행복이 찾아왔던 순간은 분명 있다.

우리는 조금 더 작은 일에서도 행복을 느낄 필요가 있다. 또 그렇게 느낀 기쁨을 주변 사람들과 나누면 더 커진다. 마음먹고 고개만 돌려보면 행복해질 수 있는 일들이 곁에 있다는 걸 기억하자.

지금 우리를 불행한 감정으로 이끄는 그것이 삶의 전부라고 느껴지는 말자. 부정적인 감정이라는 것은 참 교묘해서 자꾸만 곱씹을수록 덩치가 커지고, 내 인생 전체가 그런 기분을 느낄 만큼 잘못 살아온 것만 같아서 부지불식간에 자책감으로 휩싸이게 만든다. 절대 속아서는 안 된다. 오늘은 그냥 그런 날이라고 가볍게 여겨보는 것이다. 더 이상의 의미 부여를 하지 않고 딱 거기까지만 생각하는 것이다.

저 끝의 빛을 보기 위해 달려가는 터널 속에서는 불안하고 두려울 수 있다. 어둡고 음침한 그곳을 영영 빠져나오지 못할 것 같은 공포감도 찾아올 수 있다. 하지만 우리는 안다. 결국 이 터널 끝에는 찬란한 태양이 빛나는 풍경이 펼쳐져 있음을…. 자신의 속도에 따라 누가 더 빨리 터널을 빠져나가느냐, 조금 늦게 빠져나가느냐의 차이일 뿐이다. 긴긴 터널은 우리가 아름다운 풍경을 마주하기 전 지나와야 하는 과정에 불과하다.

당신은 오늘을 절대 헛살지 않았다. 때로는 마음에 담아두기보다 흘려보내는 것이 더 나은 것들이 있다. 마음이 떠나서 헤어지는 연인처럼 붙잡는다고 해서 더 나아지지 않는 것들이 있기 마련이다. 오늘 하루를 무사히 살아낸 스스로에게 어떤 이유도 붙이지 않은 격려와 위로를 보내보자.

✧

다른 사람의 속도에 지레 겁먹고 조급해할 필요 없어.

인생은 마라톤이니까.

지금 100M를 빨리 달렸다 해서,

다음 100M도 빨리 간다는 보장은 없잖아.

내 페이스에 맞춰, 천천히 가보자.

대신 포기하지만 말길.

주저앉지만 말길.

땅에 다리를 붙이고 무릎을 부여잡으며 어떻게든 가다 보면

결국 나만의 속도로 결승선을 통과할 테니.

우린 모두가 특별한 존재들이야

　나는 아침 시간이 가장 중요하다고 생각한다. 아침 시간을 잘 보내면 하루를 온전히 주인이 되어 살아가는 느낌이 들기 때문이다. 아침에 정성스레 화장을 하고 예쁜 옷을 찾아 입는 그 행위가 내 하루를 좀 더 의미 있게 만들어주는 기분이 들어서다. 매일 아침에 일어나면 가장 먼저 유튜브 스튜디오 앱을 켜서 나를 애정해 주시는 구독자분들의 따뜻한 댓글을 읽어본다. 나의 요즘 최대 관심사는 아무래도 유튜브와 내 채널을 구독해 주고 시청해 주는 따랑이 분들이다. '따랑이'는 내 채널을 구독해 주는 분들의 애칭이다. "세상에 필요 없는 건 없다! (효과음 띠링띠링)"을 나만의 시그니처 멘트로 계속하다 보니 구독자분들이 '따랑따랑'이라고 따라해 주면서 구독자 애칭도 자연스럽게 '따랑이'가 되었다.

댓글을 읽고 나서는 이불 정리를 한다. 퇴근 후 집에 와서 헝클어진 이부자리를 보면 더 스트레스가 쌓여서 보통은 아침에 일어나자마자 정리하는 편이다. 퇴근 후 집에 돌아왔을 때 뭔가 정리가 되어 있지 않은 걸 보면 갑자기 피로도가 쌓이고, 집에 와서도 해야 할 일이 보이니까 아침에 정리하는 게 더 마음이 편하다.

가능하다면 아이 등원 준비를 시키기 전에 씻고, 메이크업하고, 머리를 하고, 옷 입는 것까지 모두 마무리하려고 한다. 조금 일찍 일어나서 부지런을 떨면 아이도 훨씬 여유로운 마음으로 챙겨줄 수 있기 때문이다. 보통 워킹맘들은 내 출근 준비와 아이 등원, 등교 준비를 동시에 하는 경우가 많은데 그러면 내 준비도 엉망이 되고, 아이에게 자꾸 소리를 지르게 되거나 빨리하라고 재촉하게 된다. 잠에서 깨어 처음 맞는 하루의 소중한 아침 시간이 나에게도 아이에게도 불행이 된다는 건 좀 슬픈 일이다.

아무리 바쁘더라도 젖은 머리를 말끔하게 드라이하고 갖춰진 오피스룩을 꼭 챙겨입는다. 하는 일이 항상 사람을 응대하는 것이기도 하고, 언제 손님을 맞이해야 할지, 또 언제 스케줄이 생겨서 누굴 만나게 될지 모르기 때문이다. 하지만 그보다 언제 어디서나 늘 당당한 내가 되고 싶어서 화장을 하고 옷을 갖춰 입는다. 가끔 시간이 촉박해서 머리도 못하고 화장도 못 해서 맨얼굴로 외출하게 되는 날엔 스스로 위축되는 걸 느낀다. 남자에게 정장이 전쟁터에 나가기 위한 갑옷이라면 여자에게도 메이크업은 갑옷과 마찬가지다.

예전에 함께 일하던 한 직원은 매일 머리를 말리지 않은 채로 출근하곤 했다. 난 그게 잘 이해가 되지 않았다. 사실 30분만 일찍 일어나도 머리를 말리기 위한 시간은 충분하다. 그런 사람을 보면 '저 사람은 시간 조절도 못 해서 늘 빠듯하게 사는구나' 하는 생각이 들어서 신뢰가 떨어진다. 자신의 인생조차 관리하지 못한다는 인상을 주기 때문이다.

나는 남편이 운영하는 회사의 총괄실장으로 6년 차 근무 중이다. 연애 때부터 함께 일해와서 남편이 새로 교육회사를 창업하면서도 자연스레 합류하게 되었다. 실질적으로는 회사의 마케팅과 TM, 교육 상담, 수강생 관리, 직원들 관리, 회계 관리 등 전반적인 업무를 맡고 있고, 남편이 강의 등으로 지방에 가야 할 때는 매니저의 역할도 하고 있다. 해야 할 업무량 자체가 많다 보니 하루가 어떻게 지나가는지 모를 때도 많다. 천안에 살 때부터 아이를 봐 주시는 이모님이 계셔서 이제는 거의 가족이나 마찬가

지인 분이라 저녁에 다른 약속이 생겨서 늦어져도 모든 사정을 너그러이 이해해주시고 아이를 사랑으로 돌봐주시는 덕분에 나나 남편이 일에 더 몰입할 수 있어서 항상 감사한 마음이다.

저녁에 집에 돌아오면 아이를 케어하고, 집안일을 시작한다. 성격상 식사를 끝내면 바로바로 설거지를 끝내는 편이다. 갑자기 누군가가 우리 집에 찾아와도 깨끗한 컨디션으로 맞을 수 있도록 싱크대나 식탁 위에 뭔가를 올려놓지 않는다. 설거지 후 건조된 그릇은 바로바로 그릇장에 넣어둔다. 가족들 케어가 끝나고 나면 남편이 아이와 놀아주는 사이 청소나 정리 등을 한다. 남편은 아이 재우고 나서 천천히 치우면 되는데 왜 깨어있을 때 부산을 떠냐고 한소리하곤 하지만 나는 생각이 좀 다르다. 아마 대부분의 워킹맘이 아이를 재우고 나서 새벽까지 집 정리를 할 텐데 그러면 엄마가 온전히 쉴 시간을 가질 수가 없다. 나는 식구들이 모두 깨어있을 때 정리를 끝내고 아이를 재우고 나면 보고 싶었던 드라마를 보거나 맥주도 한잔하면서 쉴 때는 오로지 나만을 위해 휴식 시간을 가진다.

요즘 사람들은 다른 사람의 하루 루틴에 관심이 많다. 내 유튜브 채널에도 일과를 어떻게 보내는지, 하루에 잠은 얼마나 자는지, 화장할 때 일정한 순서나 방식이 있는지, 옷은 주로 어디에서 구입하는지, 주말에는 주로 뭘 하는지 알려달라는 구독자들이 많다. 솔직히 나는 남의 루틴에 관심이 없는 편이라서 왜 타인의 하루가 궁금한지 잘 모른다. 유튜브를 시작하고 가장 신기했던 점이었다. 사람마다 가진 에너지가 다르고 처한 환경이 다르니 타인의 모든 걸 똑같이 따라 할 수는 없다. 8시간을 푹 자야 남은 시간을 열중할 수 있는 사람도 있고 잠을 적게 자도 시간을 활용해서 더 잘할 수 있는 사람이 있는 것처럼 말이다. 물론 루틴을 궁금해하는 사람들의 마음에는 '나도 저 사람처럼 되고 싶다'는 속뜻이 숨어 있다는 걸 모르는 게 아니다. 그래서 그 사람의 습관이라든지 루틴 같은 것들을 따라 해보고 싶어서 질문하는 경우가 많다.

예를 들어, 내 채널 댓글 중에 화장품 뭐 쓰냐, 피부과 가면 무슨 시술을 받는 게 좋냐는 질문이 참 많은데 사람마다 피부 상태가 다르기 때문에 내가 쓰는 것들을 무조건 권할 수가 없다. 시술 역시 사람마다 필요한 부분이 달라서 무조건 "이거 너무 좋아요! 이거 해 보세요"라고 말하기 어렵다. 나도 여러 다양한 시행착오를 겪으면서 내 피부 타입에 맞는 화장품을 찾았고, 아무리 피곤하고 귀찮아도 7단계까지 꼭 바르곤 한다.

내가 루틴을 공개하는 이유도 난 그냥 이렇게 사는 사람이라는 걸 말하고 싶을 뿐, 이게 정답이라고 말하려는 게 아니다. 당연히 정답일 수도 없고. 성공한 사람의 책을 읽고 똑같이 따라 한다고 해서 나도 작가와 똑같은 성공을 얻을 수 있는 것이 아니듯 다른 사람의 인생은 참고만 하되 자신만의 루틴을 만들어가는 것이 나는 더 현명하다고 생각한다. 사람이 어떻게 모두 똑같이 살아갈 수 있으랴. 우린 모두가 다르고 독특하고 이 세상에서 유일무이한 존재들이다.

❖

나를 위해 무조건 하는 것들,

그건 남들이 '우와' 할 만큼 대단한 것이 아니어도 좋아.

오히려 그런 무거운 계획은 부담이나 압박으로 변할 수도 있으니.

그러니 무엇이든 괜찮아.

오롯이 나만을 위해서 하는 루틴에서 뿌듯함을 느껴봤으면.

모두가 같은 삶을 산다면 인생이 너무 단조롭지 않을까.

그러니 스스로를 삶의 주인이라 생각하고

나만의 루틴과 일상의 충만함을 벅차게 느꼈으면.

그 누구도 아닌 오로지 나만을 위해.

함부로 상처받지 않기로 했다

가끔은 내 유튜브 채널에 달리는 악플을 지우면서 이런 생각을 한다.

'나를 소중히 대하지 않는 것들로부터, 또 내가 소중히 여기지 않는 것들로부터 내가 무너져야 할 이유는 하나도 없다. 나의 인생에 큰 비중을 차지 않는 것들 때문에 내가 상심해야 할 필요도 없다.'

아마 내가 소중하게 생각하는 사람들이 나에게 실망해서 떠나거나 내가 믿고 의지했던 사람들이 내게서 등을 돌리면 세상을 잃은 듯한 큰 슬픔과 자괴감으로 무너져내릴 테지만, 내가 잘 모르는 사람, 나에게 그다지 관심이 없는 사람이 나에게 비난이나 손가락질을 하는 것에 대해서는 내가 무너질 이유도 가치도 없다고 생각한다.

처음에는 나도 모르는 사람들로부터 악의적인 비난을 듣거나 일반인으로서 욕먹을 일이 없었다 보니 댓글 한 줄에 하루 종일 화가 나서 부들부들 떨기도 하고, 잘 알지도 못하면서 남긴 사실무근한 댓글들에 억울하기도 했다. 내가 잠자는 순간에도 악플이 달리진 않을까 하는 불안감에 잠을 못 이룬 적도 많다. 이제는 악플이 많이 줄어들기도 했고, 예전에 비해 그런 말들에 흔들리지 않을 만큼 꽤 마음이 단단해지기도 했다.

생각해보면 우리가 길을 가다가 아무나 보고 비난하거나 욕을 하진 않는다. 정신 이상자가 아니고서야 길에서 노숙하는 사람을 보고 다짜고짜 욕을 퍼붓는 사람은 없다. 아니, 눈길조차 주지 않는 사람들이 훨씬 더 많다. 왜 그럴까? 그 사람이 나보다 하등 나아 보이는 게 없기 때문이다. 내 무의식에 억눌러 놓은 질투심이나 시기심을 건드리지 않기에 오히려 안쓰럽고 불쌍해서 동정심이 인다. 사람은 무의식적으로 나보다 못한 것 같은데 나보다 행복해 보이거나 잘나가는 것 같을 때, 나도 저 사람처럼 살고 싶은데 그렇게 살지 못하는 자기 자신이 비참한 기분이 들 때 그 두려움을 욕으로, 비난으로 표현한다. 그 사실을 알게 되고부터 악플에 크게 마음이 동요하는 일이 줄었다.

언젠가 알고리즘 덕분에 '아이돌이 악플에 대처하는 법'이라는 영상을 본 적이 있다. 이 연예인도 스님이 해주신 이야기를 접하고 나서부터 악플을 대하는 마음가짐이 달라졌다면서 그 이야기를 소개해주었다.

부처님이 어느 날 공양을 받기 위해 마을의 한 집에 들렀다고 한다. 부처님이 대문을 두드리자 멀끔히 차려입은 사내가 나와 부처님을 보자마자 대뜸 삿대질을 하면서 "육신 멀쩡한 놈이 왜 남의 집에 와서 공짜로 밥을 얻어먹으려 하느냐! 네 힘으로 일해서 벌어먹어라. 난 절대 너 같은 놈에게 밥을 내줄 수 없다"고 큰소리를 쳤다고 한다. 자신을 보자마자 악담을 퍼붓는 사내를 보고도 부처님은 그저 빙긋이 미소를 지을 뿐이었다. 그 모습을 본 사내는 더욱 화가 나서 "내 말이 아니꼬워서 네가 지금 비웃는 것이냐!" 하고 더 험한 말들을 쏟아부었다. 그 말을 가만히 듣던 부처님이 사내를 향해 이렇게 질문했다.

"당신의 집에도 가끔은 손님이 찾아오겠지요?"

갑자기 알 수 없는 질문에 당황한 사내는 여전히 화가 나는 말투로 "당연히 오지!"라고 대답했다.

"그럼 그들이 당신의 집에 올 때면 선물도 종종 가지고 오겠군요."

사내는 이번에도 "당연히 손님들이 선물도 가지고 온다"고 답했다. 부처님은 다시 한번 빙긋이 웃으며 사내에게 물었다.

"만약 그 손님이 가져온 선물을 당신이 받지 않으면 그 선물은 누구의 것이 되겠소?"

"그야 가져온 사람의 것이 되겠지!"

"당신이 방금 내게 온갖 욕을 퍼부었는데 내가 그것을 받지 않으면 그 욕은 누구의 것이 되겠소?"

그제야 사내는 부처님 말의 뜻을 이해하고 무릎을 꿇고는 "제가 잘못했습니다. 잘 알았습니다" 하며 집 안으로 들어가 가장 좋은 음식을 차려 부처님께 극진히 공양했다고 한다.

재작년인가에 남편이 러셀 님의 유튜브 채널에 출연한 영상이 크게 조회수가 터진 적이 있었다. 그러면서 러셀 님 채널의 인기와 구독자 수가 엄청나게 늘어나면서 남편과 내 유튜브 채널에도 하루에 구독자가 1,500명씩 늘어났었다. 구독자가 빠르게 늘어나며 인기를 얻는 만큼 악플 또한 늘었었다. 그때가 뒤늦게 결혼식을 올리고 1년째 되는 해였는데 갑작스럽게 세무조사가 들어왔다. 유튜브에서 '시그니엘', '교육사업' 같은 부분들이 크게 부각되다 보니 누군가가 신고를 한 것인지 불시에 세무서에서 나왔다며 사람들이 회사에 들이닥쳤다. 화장실 갈 때마저도 소지품 검사를 하며 작은 먼지들까지 탈탈 터는데 처음 겪는 일에 멘탈이 많이 무너져내렸다. 회사 매출에도 타격이 없을 순 없었고. 결혼식을 올린 지 1년 후라 나름 결혼기념일이라면 기념일인 때에 모든 불행이 한 번에 몰려온 순간이었다. 심적으로도 많이 힘들었고, 매일매일 눈물 바람으로 그 시기를 지나왔던 것 같다.

남편은 아무리 힘들어도 가족들에게 내색을 잘 안 하는 편이다. 언제나 그렇듯이 남편은 또 나에게 "유진아, 잘 봐. 내가 이 위기를 또 어떻게 이겨내는지."라고 말했다. 세상 불안하고 두려웠던 하루하루를 보내고 있었는데 남편의 이 든든한 한마디를 듣는 그 순간부터 그날 이후론 그저 슬퍼하고 우울해하기보단, 남편과 함께 이 상황을 어떻게 헤쳐나갈지에 대한 생각으로 바뀌게 되었다. 역시나 그랬듯이 '세무조사'라는 커다란 위기를 겪고 나서 우리 회사는 더욱 굳건하게 업계에서 자리 잡게 되었고, 남편은 이 위기를 통해 더 크고 좋은 기회들을 잡아 나가고 있다. 그런 면에서 나는 남편의 태도를 정말 존경하고, 나 역시 남편 덕분에 앞으로 무슨 일이 생기더라도 '어차피 함께 잘 해결해서 내가 더 크게 나아갈 수 있으니 무서워할 것도 두려워할 것도 없어. 부딪쳐보자. 결국 이것도 다 과정에 불과해'라는 긍정적인 생각을 갖게 되었다. 우리 인생에는 일어날 일들이 일어나는 것이고 어차피 지나갈 일이며 그것을 겪고 나면 더 좋은 일이 올 거라고 믿게 되었다. 내가 지닌 소중한 힘을 믿고, 다른 사람의 험담이나 미움, 시기, 질투에 쉽게 흔들리지 말자고 오늘도 스스로 다짐해본다. 이제는 예전처럼 함부로 상처받는 삶을 살지 않겠다고 마음먹어 본다.

❖

소중한 것만을 지키며 살아가기에도 짧은 인생이야.

그러니 마음 맞지 않는 사람들과 억지로 시간을 보내는 데

내 소중한 에너지를 소비하지 않았으면.

아무리 화려하고 예쁘더라도

사이즈가 맞지 않는 신발을 억지로 신을 수 없듯 말이야.

결국 벗겨지고 버려지게 되어 있는 걸.

그러니 소중한 사람들만 곁에 두고 소중한 것들만 지키며 살아갔으면.

그렇게 잔잔하게, 평온하게.

내 인생은 내가 책임지는 거야

어릴 때의 나는 내 삶의 주체가 되어 살지 못했다. 항상 남의 눈치를 보고 남의 얘기를 더 많이 들었다. 왜냐하면 내가 무언가를 선택했을 때 그 선택에 대해 책임질 수 있는 힘이 없었기 때문이다. 그래서 항상 남의 의견을 묻고 상대방의 결정에 많이 의존했다. 지금도 솔직히 결정을 잘 못하는 편이다. 내가 이것을 선택했을 때 어떤 일이 벌어질까, 내가 감당하지 못할 일이 생기지는 않을까 내가 내린 결정에는 항상 책임이 뒤따른다는 것이 불안하고 두렵다. 하루는 아침에 아이에게 아침밥을 먹이고 유산균이랑 영양제를 챙겨 먹이려고 막 따라다니다가 문득 '아이는 삼시 세끼 밥 챙겨 먹이려고 애쓰고 영양제도 꼬박 챙겨 먹이면서 나는 밥도 거르고 있고 영양제라는 걸 꾸준히 먹어본 적도 없구나' 하는 서글픔이 몰려왔다. 가끔 누가 먹어보라고 한두 번 비타민 같은 걸 주면 먹어본 적이 있을 뿐이었다. '남편과 아이는 내가 챙기면 되는데 정작 나는 누가 나를 챙겨주지? 왜 나는 내 자신을 안 챙기고 있었을까' 하는 생각이 들었다. 나이가 들어서 남편이 내 곁을 먼저 떠날 수도 있고, 자식도 결혼하고 나면 나는 혼자가 될 수밖에 없다. 그 시간을 대비하기 위해서라도 건강이나 모든 것들을 내가 스스로 지켜야 하고 힘을 길러야겠다고 다짐하게 된 날이었다.

내가 제일 처음 시작한 건 우선 끼니를 잘 챙기는 것이었다. 배고프지 않을 정도로 하루에 한 끼만 그나마도 샐러드로 해결하는 날이 많았는데 그러다 보니 어느새 계단을 오르는 것도 너무 힘들었다. 운동이라는 걸 해본 적도 없고 밥도 잘 먹지 않으니 당연히 체력이 좋을 리가 없었다. 그래서 다이어트식이 아니라 일반식을 늘리고 체력을 기르기 위해 필라테스를 등록했다. 임신 출산으로 흐트러진 균형도 바로잡고 꾸준히 하면 체력을 기르는 데에도 도움이 될 것 같아서 시작했다. 그리고 난생처음으로 나를 위한 영양제로 종합비타민도 구입했다. 아직 복용한 지 몇 달 되지 않아서 눈에 띄는 효과는 잘 모르겠지만, 내가 나를 챙긴다는 것에 의미를 두고 꾸준히 먹어보고 있다. 나는 책보다 주변 사람들로부터 영향을 많이 받는 편인데 그중에 가장 가까이서 매일 나에게 가장 큰 자극이 되는 사람은 단연 남편이다. 남편이라서가 아니라 진심으로 자랑스럽게 생각한다. 그로부터 보고 배우는 것들이 정말 많다. 내가 여러 방면에서 긍정적인 방향으로 변화되어 가는 것도 모두 남편 덕분이다. 내 시각에서 남편은 꽤 주체적으로 자신의 인생을 책임지며 살아가는 사람이다. 내뱉는 모든 의견에 소신이 있고, 어떠한 선택을 하든 항상 잘한 선택이 되거나 잘한 선택이 되게끔 만들어내는 사람이기 때문이다. 자신의 판단에 대해 최선의 노력을 하고 그것에 대해 책임지는 태도가 멋있어 보일 때가 많다. 보통 사람들은 무언가를 이루기 위해 단계를 밟아 차근차근 올라가는 게 일반적인데 남편은 항상 현재보다 몇 단계를 껑충 뛰어넘는 목표를 얘기하거나 시도하는 편이다. 처음에는 남편의 그런 도전이 너무나 불안해 보이고 무모해 보이기까지 했다. 나뿐만 아니라 주변 사람들이나 가족들도 남편의 계획을 듣고 뜯어말리거나 안 될 것 같은 이유를 조목조목 반박하기도 했다. 예를 들면, 천안에서 편안하게 잘 사는데 굳이 서울에 와서 시그니엘에 살아야겠다며 덜컥 계약을 하고, 엄청난 임대료를 지불하면서도 선릉역에 사무실을 내는 것 같은 일들이 그런 부분인데 그럼에도 우리는 잘 살고 있고, 많은 자산가들이나 사업가들과 친분을 쌓으며 예전보다 더욱 넓고 깊어진 시야로 인생을 살아가고 있다. 남편은 한다면 하는 사람이었고, 계획한 모든 것들을 현실로, 결과로 보여주었다. 그러면서도 그 힘든 과정에 한 번도 내게 힘들다고 말한 적이 없었다. 자신의 결정을 후회한다고 말한 적도 당연히 없다. 내가 유튜브를 시작하고 나서 온갖 말도 안 되는 악플에 휘둘릴 때도 남편은 "네 인생에 아무것도 차지하지 않는 사람 때문에 에너지 낭비하지 마"라고 조언해주었고, 내가 검색해서 찾아낸 식당에 가족들과 함께 갔는데 서비스가 별로이거나 음식 맛이 별로여서 "여기 괜히 왔다"며 후회하면 "결국 네가 선택한 거잖아. 맛이 있든 없든, 서비스가 좋든 나쁘든 그거에 대해서는 그냥 감내하고 네가 책임을 져야 하는 거야"라고 말해준다. 맞는 말이지만 가끔은 솔직히 너무 매정하게 말해서 서운할 때도 있다.

고대 하와이 원주민들의 용서와 화해를 위한 문제 해결법으로 알려져 있는 '호오포노포노(Ho'oponopono)' 정화의 핵심은 "내 인생에 나타난 모든 문제의 책임은 100% 나에게 있다"는 것이다. 처음에는 이 말의 진정한 의미를 이해하지 못했었다. '나와 상관없는 다른 사람이 저지른 일까지 왜 다 내 책임이라는 거지?' 하는 의문이 계속 마음에 남아 있었기 때문이다. 그런데 몇 권의 책을 읽고 나서 '내가 내 인생을 100% 책임져야 하는 궁극적인 이유'를 이해하게 되었다.

이 문장의 첫 번째 의미는 '내 잘못, 내 탓'이라는 게 아니라 내가 내 인생의 주도권과 주체권을 가지겠다는 일종의 선언이라는 것이다. '그 사람 때문에 혹은 그 사람 탓으로' 분노와 원망, 슬픔의 감정을 가지게 되면 에너지가 자연스럽게 흐르지 못해서 문제 역시 해결이 되기보다는 더욱 꽉 막혀버리거나 복잡하게 꼬이고 만다. 눈앞에 일어나는 일들을 완전히 수용하고 책임지겠다는 자세로 인생을 바라보기 시작할 때 문제는 더 이상 문제가 되지 않는다.

두 번째 의미는 외부가 결국 나의 내면의 반영이므로 내가 바꿔야 할 것은 나의 내면밖에 없다는 것이다. 다른 사람이 내 마음의 부정적인 감정을 불러일으킨다면 그것이 이미 내 안에 있었기 때문에 타인의 말이나 행동이 트리거가 되어 내 감정이 그렇게 된 것뿐이다. 이 의미를 진정으로 이해하면 인생에서 일어나는 모든 일이 결국 내 책임이라는 것을 조금이나마 수긍하게 된다.

우리는 살면서 참 많은 핑계를 만들어낸다. 이래서 안 되고 저래서 안 되고, 가족이 반대해서 못하고, 회사가 별로라서 내가 성장을 못하는 거고, 내가 살이 찌는 이유는 매일 야식을 시켜 먹자고 하는 가족 때문이고… 등등. 하지만 내 인생은 내가 주인이다. 그리고 나는 다른 사람의 행복을 맞춰주기 위해 존재하는 것이 아니기에 오늘도 온전한 나의 행복을 위해서 내 인생의 주인이 되는 연습을 해본다.

.

❖

네 인생에 아무것도 차지하지 않는 사람들 때문에

상처받고 스트레스받지 않았으면 해.

그렇게 소중한 에너지를 낭비하기에는 찬란한 네 젊음이 너무 아깝잖아.

그러니 더 이상 내 삶에 악영향을 미치는 사람들을

마음 한 공간에 남겨두지 말자.

그들을 위해 소중한 네 삶의 일부분을 떼어주지 말자.

오롯이 네 인생을 스스로가 책임지며 주체적으로 살아가길.

그 누구도 아닌 바로 네 행복을 위해서.

제
3
장

관계의 행복을 위하여

주변 사람 다 떠나게 만드는 사람

　사람은 혼자서만 살 수 없다. 사람과 사람 간의 관계에 대해서는 죽을 때까지 노력하고 개선해가야 하는 평생의 숙제가 아닐까. 인생을 살아가며 다양한 사람들을 만나고 느낀 건 유독 관계를 힘들게 만드는 사람들의 특징이 있다는 것이다. 그래서 몇 가지로 유형을 나눠 보았다.

　첫 번째는 상대방에게 모든 걸 의존하는 사람이다. 자신의 주관이나 생각 없이 모든 걸 연인이나 상대방에게 맞추려는 사람. 나도 처음에는 그런 사람을 보며 '상대를 많이 배려하는구나'라는 느낌이 들었지만 계속되다 보니 관계가 지루해지는 것 같다는 생각이 들었다. 지금은 아니지만, 나도 어릴 때는 일단 연애를 시작하면 친구들을 만나지 않았다. 주말에도 남자친구가 불시에(?) 데이트하자고 할까 봐 친구들이 불러내도 약속을 잡지 않았다. 친구들과 함께 있었더라도 남자친구가 예상보다 일찍 일이 끝나서 만나자고 하면 어디에 있든 그 자리를 파하고 남자친구에게 달려갔다. 마치 5분 대기조처럼 남자친구에게 맞춰줘야 하고 부르면 언제든 달려가야 한다고 생각했다. 지금 생각해보면 정말 최악이었다. 나중에는 나의 그런 행동이 나 자신에게도 안 좋은 방향의 보상심리를 만들어낸다는 걸 알았다. "나는 네가 항상 1순위고 모든 걸 너한테 맞춰주는데 왜 넌 내가 1순위가 아니고 항상 뒷전이야?"라는 불필요한 서운함이 생겨서 불화가 생기더라. 상대에게 모든 걸 맞춘다는 건 결국 상대방을 빨리 질리게 하는 지름길이라는 걸 어릴 때는 잘 몰랐던 것 같다.

두 번째는 미래가 없는 사람이다. 여기서 말하는 '미래'는 경제적인 부분을 말하는 게 아니다. 나는 사람을 만날 때 경제적으로 얼마나 능력이 있는지를 보는 편이 아니기에 오히려 '삶을 대하는 태도'라고 보는 편이 더 적절할 것 같다. 예를 들어서, 직장을 이리저리 옮겨 다니는 사람들이 있다. 새로운 직장에 입사한 지 얼마 안 되었는데 이런저런 핑계를 대면서 몇 달 다니다 그만두는 모습을 보면 솔직히 좀 한심해 보인다. 그런 사람이라면 나와의 관계에 있어서도 쉽게 포기하지 않을까 생각하게 된다. 무슨 일을 하는 데 있어서 끈기가 없는 모습을 계속 보면 '이 사람을 믿고 계속 가도 되는 걸까?'라는 불안함이 생기기 마련이다. '이 사람이 얼마나 잘하고 능력이 있는가'를 중요시하는 분들도 있겠지만, 나는 그보다 무슨 일을 하더라도 끈기 있게 하는 모습과 '우리가 함께 가는 길에서 아무리 힘든 일이 찾아와도 이 사람이라면 내가 끝까지 이겨내면서 갈 수 있겠구나' 하는 믿음을 주는 사람에 더 끌리는 것 같다.

세 번째는 자기관리를 못 하는 사람이다. 서로가 처음 알아갈 때는 단점이 잘 안 보이기도 하고, 상대방의 모든 것이 잘나고 멋져 보인다. 그런데 자주 만나면서 그런 콩깍지가 벗겨지고 나면 이제 그 사람의 실체가 하나둘 보이기 시작한다. 나는 연애를 비롯해서 가족 간에도 자기관리하는 모습을 자꾸 보여줘야 한다고 생각한다. 물론 내가 말하는 자기관리라는 것이 꼭 외모를 가꾸라는 의미만을 담고 있진 않다.

요즘 부쩍 남편의 지인들을 만나거나 부부 동반으로 만남을 갖는 일이 자주 생긴다. 이런저런 이야기를 하다가 서로가 바라는 이성상에 대해 대화할 때가 있는데, 남성들도 은근히 현재에 안주하지 않고, 진취적이고, 같이 성장할 수 있는 여성을 이상형으로 많이 꼽더라. 이제는 보호 본능을 일으키고 내가 지켜줘야 될 것 같은 그런 여성보다 나를 리드해 주거나 미래를 그려가는 데 있어서 같이 함께 성장해 갈 수 있는, 본받을 수 있는 그런 여성상을 남성들이 바란다는 걸 보면서 나도 내 능력치를 키울 수 있는 사람이 되어야겠다고 많이 다짐했다.

네 번째는 옆에 있는 사람을 우울하게 만드는 사람이다. 기분 좋게 만났는데 만나자마자 "짜증 나 짜증 나"를 입에 달고 있거나 꼭 누구 뒷담화만 하고, 세상 힘든 일은 자기만 다 짊어진 것처럼 말하는 사람을 보면 처음에는 위로를 해 주다가도 점점 지치게 된다. 나중에는 어떻게, 무슨 말로 위로를 해 줘야 할지도 모르겠고 나도 덩달아 기운이 빠져서 우울해진다.

반대로 늘 밝은 에너지를 주는 사람은 어딜 가나 사랑받는다. 그리고 내 가족이나 내 지인이 어떤 곳에 가더라도 사랑받는 사람이라면 옆에 있는 나도 그 사람에 대한 애정이 더 커지기 마련인 것 같다.

남편이 유튜브를 시작하고 유명해지면서 상대적으로 난 아무것도 아니고 작아진 것 같은 기분에 사로잡혀 있던 때가 있었다. 아기를 키우면서 일에 매달리느라 나를 꾸밀 시간도 없었고, 하고 싶은 것도 다 포기하고 살았다. 그러다 보니 자아를 잃어가는 것 같아서 자존감도 낮아지고 우울해지더라. 하지만 그 속에 계속 빠져 있는다고 해서 이 상황이 해결되는 건 아니었다. '이 사람이 부러우면 나도 그 세계에 들어가면 되겠구나' 하고 유튜브를 시작했다. 그렇게 유튜브를 계기로 많은 분에게 관심과 사랑을 받으니 힘이 나서 더 멋진 사람이 되고 싶다는 밝은 에너지가 차올랐다. 남편도 조금씩 성장하는 나를 보며 뿌듯해하는 것 같았다. 이런 말은 직접 해 줬으면 좋으련만, 언젠가 남편이 자신의 인스타그램에 나에 대해 이런 글을 올린 적이 있다. '너무 멋지다. 아내로, 엄마로, 회사의 총괄실장으로 이렇게 열심히 하면서 자존감이 높아지고 자신감 넘치는 모습을 보니 더 사랑이 돈독해지는 것 같다.'

늘 무언가를 위해서 노력하고 배우고 도전하는 모습을 통해서 자존감이 높아지면서 밝아지고 또 그런 모습이 주변에 전달되다 보면 자연스럽게 좋은 사람들이 모여들게 되는 것 같다.

다섯 번째는 관계에 집착하는 사람이다. 어릴 때 나는 연락의 속도와 비중이 사랑의 크기와 비례한다고 생각했다. 남자친구가 나와 떨어져 있는 시간에 내 연락을 안 받거나 늦게 답장하면 '나보다 같이 있는 사람들이 더 중요한가? 나를 사랑하는 마음이 있는 건가?' 하는 생각에 괴로웠다. 그때는 연애를 하면 항상 붙어 있어야 하고, 쉬는 날엔 무조건 함께 시간을 보내야 하고, 다른 약속이 생겨서 같이 못 있을 때도 1순위가 나여야 한다는 욕심에 가득 차 있었다. 그 당시에는 '내가 기다리고 있는 걸 뻔히 알면서 어떻게 휴대폰을 확인 안 할 수가 있지? 어떻게 이렇게 신경을 안 쓸 수가 있지?' 하며 이해하려조차 하지 않았다. 그런데 이제는 알 것 같다. 나도 요즘에는 사람들을 만나면 자연스럽게 휴대폰을 뒤집어 놓는다. 내 앞에 있는 사람에게 집중하는 게 배려라는 걸 알게 되었기 때문이다.

이 다섯 가지 유형의 사람은 나쁘다기보다 내가 그랬듯 자신을 소중히 하는 마음이 아직 크게 자리 잡지 못했기에 인간관계에 문제가 생기는 것이라고 생각한다. 당신이 지금 누군가 닮고 싶은 멋진 사람이 있다면, 그 사람도 분명 누군가를 부러워하고 있을 수도 있다. 그게 당신일 수도 있다. 내가 나를 더 믿고, 나를 더 사랑해주자. 당신은 이미 충분히 멋진 사람이다.

❖

항상 나보다 나은 사람을 곁에 두려고 노력하다 보면,

어느새 그 사람을 닮아가게 되는 거 같아.

사랑하는 사람을 만나면,

내가 그 사람에게 좋은 사람이 되고 싶어 변하는 것처럼 말이야.

인생을 변화시키고 싶다면 내가 좋아하는,

동경하는 사람을 만났으면 해.

그런 사람들과 즐거운 시간을 보내다 보면

나도 모르는 새 훨씬 더 나은 인생을 살게 될 테니까.

나는 아이를 적어도 둘이나 셋까지 낳아서 많은 가족 구성원을 꾸리는 게 꿈이었다. 하지만 남편은 결혼할 때부터 신혼처럼 둘이서만 계속 살고 싶어 했다. 우린 완전 극과 극의 자녀계획을 품고 결혼했다. 나는 아이를 좋아해서 어릴 때부터 '너는 커서 유치원 선생님 해야겠다'는 말을 많이 듣기도 했고, 그래서인지 내 꿈은 어린이집이나 유치원 선생님이었다. 아이가 커가는 과정들에서 느껴지는 행복과 감동은 이루 말할 수가 없고, 아이가 신생아 때, 돌, 2살, 3살… 해마다 다른 감동들을 느끼면서 지금은 천천히 자라주길 바라는 마음으로 하루하루 아이의 사랑스러운 모습을 많이 간직해두려 하고 있다. 나는 연애 때부터 남편과 함께 일했기 때문에 당연히 아이 낳기 전까지도 계속 일을 했다. 처음에 임신했을 때는 임신을 함과 동시에 쉬어야 하는 게 당연하다고 생각했다. 주변만 봐도 출산 전에 몇 개월 휴가를 내거나 아니면 보통 남편들이 일하지 말고 집에서 쉬라고 권하는 게 당연하다고 생각했다. 하지만 나는 남편과 같은 직장에서 일하기도 하고 내가 빠지면 업무가 제대로 돌아가지 않아서 쉽게 휴직을 결정하기가 어려웠다. 남편도 '무조건 맞벌이는 해야지'라는 주의가 강해서 쉬라는 말 자체를 꺼내지 않았다. 나도 원체 어릴 때부터 쉼 없이 일해왔기 때문에 남편의 말에 동의하지만, 만삭의 배를 하고서 회사로 출퇴근하는 일이 버거울 것 같아 남편과 상의한 끝에 출산 예정일 전 한 달 정도는 쉬기로 협의했다.

내일이면 이제 출산 전 한 달의 휴가를 얻는 날이었다. 오늘만 버티면 내일부터는 집에서 쉬면서 출산 가방도 싸고 태어날 아기에게 필요한 물품들도 하나씩 준비해 놓아야겠다고 생각했다. 그날은 내가 강의를 해야하는 날이기도 했다.

평소처럼 아침에 출근을 하는데 배가 사르르 아파오기 시작했다. 한편으론 '아기가 벌써 나오려는 건 아니겠지?' 싶었지만 예정일이 한 달이나 남아 있어서 내가 바로 출산을 하리라고는 생각지도 못했다. 일단 배가 아프니까 병원에 가봐야겠다고 생각했는데 갑자기 진통이 시작됐다. 웃긴 건 진통하는 순간에도 나는 고객과의 전화 상담을 하고 있었다. 문의 전화가 계속 와서 휴대폰을 놓을 수가 없었다. 전화를 받는 중에도 5분 간격의 진통이 계속돼서 "아, 잠시만요" 하고 진통을 참았다가 다시 전화를 받는 상황이 반복되었다. 그 당시 천안에서 서울로 출퇴근을 하고 있던지라 남편은 먼저 서울로 올라갔고, 난 좀 나아지면 출근해야겠다고 생각했는데, 너무나도 빠르게 진행되는 속도에 결국 4시간의 진통 끝에 나는 남편도 없이 홀로 아이를 출산했다. 어쩔 수 없는 상황이긴 했지만 진통이 배와 허리에 동시에 오면서 아파하던 와중에 간호사 선생님이 혼자 계시냐며 허리를 쓰다듬어 주셨는데 아픔과 서러움의 눈물을 흘렸던 게 아직도 생생하다. 갑자기 아이를 낳는 바람에 회사의 인수인계나 아기 용품 준비가 하나도 되어 있지 않았다. 산후조리원에 바로 들어갔지만 계속되는 문의 전화나 업무에 제대로 쉴 수도 없었다. 산후조리원에도 나에 대한 소문이 쫙 퍼졌다. '모유 수유 시간에 수유하면서도 폭풍 일을 하는 엄마가 있다'고. 집에 돌아와서도 얼른 아기를 돌봐줄 시터를 구해야만 했다. 남편의 사업이 확장되는 시기여서 내가 회사에 꼭 필요했다. 조리원에서 퇴소 후 정부에서 지원하는 출산 도우미 분을 만나고, 이후 아이가 100일 때부터 지금까지 아이를 돌봐주시는 좋은 분을 인연으로 만나게 되었다. 천안에 살 때부터 아이를 케어해 주셨고, 천안 분이셨지만 우리가 서울로 오면서 우리 집에서 함께 지내게 되었다. 아이도 아기 때부터 함께 지낸 분이라 할머니라며 잘 따르고 가끔 방학 때나 이럴 때는 천안 할머니 댁에서 며칠씩 지내다 오기도 하고, 이모님도 장성한 자식들이 결혼, 유학 가서 지내시는 게 적적하신데 우리와 함께 살면서 다행히 만족스러워하신다. 우리가 처음 서울로 이사 왔을 때도 남편분과 자녀분들을 집에 초대해서 함께 식사도 하고 지금은 가족보다 더 가깝게 지낸다.

주변에만 봐도 이모님이 1년에도 몇 번씩 바뀌는 경우가 많고, 다들 우리 이모님을 만나게 된 걸 가장 부러워할 만큼 정말 좋은 분을 만나 일에 집중할 수 있어서 언제나 늘 감사한 분이다.

일 때문에 아이와 보내는 시간이 많지는 않지만, 아이가 너무 예뻐서 은근슬쩍 남편에게 둘째 이야기했더니 쓸데없는 소리 하지 말라며 아예 수술을 해버리고 말았다. 그래, 맞다. 예쁘다는 것만으로 아이를 가질 수는 없다. 아무리 내가 아이를 좋아한다 하더라도 현실적으로 돈도 많이 들고 지금도 일과 육아를 병행하는 게 힘든데 두 아이를 커버할 수 있을지 모르겠다. 내가 피곤하고 힘들면 아무래도 아이에게 짜증도 내게 되고 괜히 화도 내게 될 것이다. 남편과 이런저런 이야기를 하다가 결국은 "그래, 우리 이나라도 잘 키워보자"라고 결론을 지었다. 이나를 보면 '동생이 있는 것도 좋을 텐데…' 싶다가도 이내 고민이 많아져서 마음을 접는다. 그래도 난 아직 둘째를 낳고 싶다.

아무래도 나 같은 워킹맘들은 일과 병행하느라 아이에게 더 많이 신경 써주지 못한다는 죄책감을 가지기 쉽다. 그래서 아이에게 항상 죄인의 입장이 되어 아이를 대하게 된다. 그런데 나는 엄마들이 그러지 않았으면 좋겠다. 마음속에는 내가 많이 돌봐주지 못한다는 미안함이 있더라도 아이를 볼 때마다 그런 미안함을 표현하지는 말자. 어차피 이 상황을 바꿀 수 없다면 자꾸만 미안하다고 하기보다 내가 아이와 함께 할 수 있는 시간만큼이라도 더 많은 사랑을 표현하고 웃는 모습을 보여주려는 게 아이의 관점에서 봤을 때도 훨씬 멋진 엄마가 아닐까. 나는 이나에게 '엄마'가 아닌 '친구'가 되어 주고 싶다. 딸이 나에게만큼은 자신의 모든 이야기를 시시콜콜 말할 수 있는 친구 같은 존재가 되고 싶다. 내가 살면서 이런저런 어려움에 부딪칠 때마다 속 시원히 내 고민을 털어놓거나 조언을 얻을 만한 사람이 없었기에 딸에게는 내가 그런 사람이 되어 주고 싶다. '아이의 사춘기는 부모의 성적표'라는 말을 들은 적이 있다. 그동안 내가 자식과 어떤 관계를 유지했느냐에 따라 아이의 사춘기가 수월하게 지나갈 수도, 최악으로 치달을 수도 있다. 물론 아이에 따라 어떤 양상으로 사춘기를 지나게 될지 알 수는 없지만. 그래서 더 아이의 마음을 공감해주고 감정을 나눌 수 있는 그런 친구 사이가 돼야겠다고 생각한다.

나는 어떻게 보면 주부로 사는 것보다는 워킹맘으로 사는 게 더 잘 맞는 것 같다. 일하는 것 자체가 재미있기도 하고, 밖에 나가서 활동을 하면 에너지적으로도 활기가 돌고, 경제적으로도 남편에게 너무 의존하지 않게 되어서 자존감을 지키는 데도 훨씬 도움이 되는 것 같다. 임신과 출산 기간을 제외하고는 나는 엄마들이 사회생활을 적극적으로 했으면 좋겠다. 집에만 있다 보면 화장할 일도 없고, 예쁜 옷도 덜 입게 된다. 집안일하고 아이를 돌보느라 매일 지쳐있고 우울해져 있는 모습을 가족들에게 보여주는 것도 긍정적인 영향은 아니라고 생각한다. 물론 전업주부로도 자신의 삶에 만족하며 행복하게 사는 분들이 있다는 걸 안다. 요즘은 그런 분들이 유튜브를 통해서 음식 레시피를 공유하고 살림하는 법을 알려주기도 하더라. 난 개인적으로 '취집'이라는 단어가 정말 싫다. 결혼했다고 해서 무조건 여성이 남편과 아이의 뒷바라지만 하며 인생을 살아야 하는 건 아니다. 요즘은 아내가 일을 하고 남편이 육아를 도맡아 하는 가정도 많이 늘어났다. 무조건 돈을 버는 활동을 하라는 것도 아니다. 스스로와 가정에 긍정적인 에너지를 제공할 수 있는 사회활동이나 자신만의 시간을 보냈으면 좋겠다. 엄마가 행복해야 아이도 행복하고, 엄마가 활기 있어야 아이 또한 긍정적인 에너지를 닮는다. 바쁘게만 사는 것이 아닌, 하루에 어떤 시간을 보내든 그 시간 중에 오로지 나를 위한 시간을 내보기를. 결혼을 하고 아이를 낳더라도 젊었을 때 도전하고 싶었던 것들, 배우고 싶었던 것들을 끊임없이 도전하며 스스로 제약을 두고 한계를 규정하지 않았으면 좋겠다.

아이를 낳으면서 내 이름보다 누구의 엄마, 누구의 아내로만 살아가는 것이 예전 여성들의 삶이어서 당연히 여러 가지를 포기하게 되는 경우가 많았는데 지금은 시대가 많이 달라졌다. 아이는 자신을 위해 헌신적인 엄마보다, 어디서나 멋지게 자신의 활동을 하는 엄마를 더 원할 것이다. 나만 해도 아이에게 영어학원, 수영학원 보내면서 정작 나는 수영이나 영어를 잘하지 못했다. 언제부턴가 아이에게 돈 쓰며 학원만 보내는 게 아니라 엄마, 아빠가 수영을 잘하고 영어를 잘하면 아이에겐 그게 일상이 되고, 아이의 삶의 기준이 되어 스스로도 배우려는 의욕이 생길 거란 생각이 들었다. 그래서 우리 부부도 영어 과외를 시작했고, 나도 수영을 배우려고 다짐했다. 배움에는 끝이 없고 도전에는 늦은 나이도 없다는 걸 명심했으면 좋겠다.

삼시 세끼 밥 차려주고 집안일하고 놀아주는 엄마와 자기 일 열심히 해내고 무엇이든 잘하는 엄마, 내가 아이라면 어떤 엄마가 더 멋있을까?

❖

모험을 두려워하지 않고,

실패하더라도 자존감이 훼손되지 않는 사람으로 살기를.

스스로를 긍정적으로 생각하고 가치 있는 일을 위해 행동하며

주체적인 시각을 가진 사람으로 살기를.

생각만 해도 입가에 미소가 지어지는 사람,

누군가에게 기분 좋은 기억과 향기를 남기는 사람이 되기를.

소통에도 연습이 필요해

아무리 친한 친구라도 오래 알고 지내다 보면 불평불만이 생길 수밖에 없다. 만나면 유난히 '돈 없다'는 얘기를 한다거나 '사는 게 너무 재미없고 지루하다'고 하소연만 하는 친구도 있고, 나를 배려해 주지 않는 행동을 아무 거리낌 없이 한다거나 만남에 쓰이는 비용에 대해 유독 계산적으로 구는 친구도 있다. 왜냐면 사람은 누구나 자기 기준대로만 생각하며 살기 때문이다. 세상에 내 맘 같은 사람은 없다. 부부도 마찬가지다. 서로 사랑해서 연애하고 평생을 깨 볶고 살자며 결혼까지 했더라도 하루하루 일하고 아이 키우며 사는 부부가 연애 때처럼 알콩달콩 살기란 생각만큼 쉽지 않다.

나는 왜 남편에게 사소하다면 사소한 것에 큰 의미를 부여하며 불만으로 받아들일까 곰곰이 생각해 본 적이 있다. 결론은 이랬다.

'우리는 각자 원하는 사랑의 방식이 따로 있다.'

내 안에는 내가 원하는 결혼 생활과 남편의 모습이 있고, 남편 안에는 남편이 원하는 결혼 생활과 아내의 모습이 정해져 있기 때문에 상대가 그 기준과 다르게 말하고 행동하면 그게 불만이 되는 것 같더라. 사실 그전에는 몰랐다가 좋은 기회에 방송 출연을 하게 되면서 좀 더 우리 부부의 관계에 대해 깊이 생각해 보게 된 것 같다. 삶에서 겪는 크고 작은 갈등에 법적 잣대를 들이대 각자의 입장에서 변론해 보는 예능 프로그램이었는데, 설정이 남편은 충분히 가족을 위해 물질적으로 할 만큼 했다는 입장이었고, 나는 물질적인 보상보단 남편의 따뜻한 말, 다정한 남편을 원한다는 사연으로 남편이 일에만 빠져서 가정에 소홀한 점 때문에 정신적인 피해를 입었다고 가정해 모의로 이혼 위자료 청구소송을 진행했다. 나는 특히 남편 입장에서 변론해 주시는 패널분들의 이야기가 개인적으로 큰 도움이 되었다.

남편 쪽 변론을 맡으신 한 변호사분이 "남편이 가족에게 주는 물질적인 보상은 어릴 적 가난을 경험했던 남편에게는 최선의 사랑 표현 방식"이라고 말씀해 주셨다.

'아, 남편이 가족을 사랑하는 방식은 이런 것이구나. 자신이 돈 버는 것만 중요하고 감정적으로 가정에는 아무 관심이 없다고 생각했는데 내가 그런 표현 방식은 싫다며 너무 내 기준에서 불만을 품어왔구나.' 지금까지 한 번도 생각해 보지 못한 관점이었다. 그리고 남편이 평소 생색내는 걸 좋아하는 편이다. 나는 그럴 때마다 '굳이 저렇게 티를 내야 하나?' 생각했었다. 하지만 남편은 자신의 노력과 이만큼 가족을 생각한다는 걸 그냥 알아달라는 표현을 그렇게 하는 거였는데, 나는 그걸 아니꼽게 생각하고 있었던 것이다.

'그게 너무 과할지라도 그래도 맞아. 나는 진짜 오빠 없으면 못 살지.'

생각해 보니 나 역시 남편을 진심으로 인정해줄 줄 몰랐던 것 같았다. 남편에게 따뜻한 표현을 바랐으면서 나는 정작 남편이 생색낼 때 그걸 절대 알아주지 않았고 표현해 주지 않았다. 피차일반이었던 것이다. 녹화가 끝나고 나서 그날 밤, 남편에게 카톡으로 엄청 긴 장문의 메시지를 적어 보냈다. 당신을 인정해 주지 못해서 미안하다고. 나 역시 부족한 점이 많은데도 내가 원하는 표현만 당신에게 바라왔던 것 같아서 나도 반성을 많이 하게 되었다고. 그랬더니 남편도 그 이후로 말을 더 예쁘고 다정하게 하려 하고, 퇴근 후 잦은 술자리도 조금은 줄이려고 노력하고, 나한테 무엇이든 상의하려고 노력하는 부분이 생겼다. 부부가 살다 보면 안 맞는 부분은 분명히 있다. 자라온 환경도 다르고, 자신의 감정을 표현하는 방식도 다르고, 서로에 대해 생각하는 관점이나 기준도 다르다. 어느 한쪽으로 맞추려고 하면 아마 매일 싸워도 부족할 것이다. 부부가 평생을 함께 편안하게 살아갈 수 있는 방법은 서로 다른 그 부분들을 어떻게 풀어서 받아들일지 부부만의 해결법을 찾아야 한다는 것이다. 하지만 대부분의 부부가 각자 스스로 자신의 잘못된 점을 깨우치기가 어렵다. 나는 부부 동반 모임을 통해서 나의 부족한 부분, 달리 생각해야 하는 부분들을 캐치하곤 한다. 아무래도 부부끼리 만나면 서로에 대해 좋은 점도 이야기하지만 서운한 점이나 단점들을 들추게 된다. 말하자면 서로를 디스하는 거다. 그럼 상대 부부가 듣다가 각자의 입장을 변론해 주는 상황이 자연스럽게 이뤄진다. "그래도 남편이(아내가) 이래서 그런 건데 아내가(남편이) 이렇게 생각하면 좋을 것 같아요"라는 말을 들으면 반성도 되고 나의 말이나 행동에 대해 좀 되돌아보게 되는 것 같다. 그래서 오히려 그렇게 남의 얘기도 들어보고 내가 몰랐던 나의 단점들도 인식하게 되는 것도 좋다고 생각한다. 내 기준대로만 틀에 박혀 생각하면 결국 결혼 생활은 다 불만이 되고 안 맞을 수밖에 없다. 한 번쯤은 상대에게 바라는 것들을 나는 먼저 하고 있었는지도 생각해 보면 좋을 것 같다. 나는 결혼하기 전부터 남편의 일을 함께했기 때문에 아이를 낳고 나서도 전업주부로 살지, 일하면서 살지 선택할 수 있는 선택지가 없었다. 출산휴가 없이 조산으로 아이를 낳았고, 산후조리원에서도 일하면서 아이 돌보는 엄마가 있다고 소문이 퍼졌고, 출산 후 50일 만에 남편의 사업이 너무 바빠져서 사무실로 출근해야 했다. 물론 아이에게는 엄마와 함께하는 시간이 적어서 항상 마음 한구석에 미안한 마음이 있지만, 나는 지금도 내가 할 수 있는 일이 있다는 것이 즐겁고 감사하다. 남편도 내가 일하는 모습, 일하러 나오기 위해 화장을 하고 예쁜 옷을 입은 모습을 좋아한다. 나 역시 남편이 슈트를 차려입고 많은 사람 앞에서 강의할 때 멋있고 존경스럽다. 또 일찍 퇴근하는 날이면 아이와 놀아주고 가정에 충실하려 애쓰는 모습도 고맙게 느껴진다.

남자와 여자의 눈앞을 '사랑'이라는 감정이 가리고 있을 때는 이성으로서의 설렘과 기대감을 느끼지만 결혼하고 몇 년 살다 보면 솔직히 그 감정이 사라지거나 무뎌지기 마련이다. 그래서 나는 최대한 날것의 모습을 너무 남편에게 보여주지 않으려고 노력한다. 남편도 집에서 질끈 머리 묶고 잠옷만 입고 있는 모습, 씻지도 않고 후줄근하게 집안일하고 아이를 돌보는 모습, 생기 없고 축 처져서 남편만 목 빠지게 기다리는 내 모습보다 직원들과 함께 일하는 모습, 고객들에게 자신 있게 상담하는 모습, 항상 예쁘게 꾸미고 다니는 모습을 더 좋아한다. 내 안에 있는 여러 가지 다양성을 보여주니 어쩌면 질릴 수 있는 관계가 매일은 아니어도 새롭게 느껴지는 것 같다.

난 개인적으로 여성들이 아이를 낳고 '나'를 잃은 채 집에만 있지 않았으면 좋겠다. 전업주부이든 워킹맘이든 힘든 건 매한가지만, 일을 하면서 자신의 시간을 갖고, 열심히 일해서 번 돈으로 자신을 꾸미기도 하는 편이 정신건강에도 좋고 자존감을 잃지 않는 데에도 도움이 된다. 또 그것이 가족들에게도 긍정적인 영향을 준다.

대한민국 엄마들의 멘토 김미경 강사의 책 『꿈이 있는 아내는 늙지 않는다』라는 책의 제목이 떠오른다. 나는 가정과 커리어, 나의 꿈 모두를 포기하고 싶지 않다. 늙어서도 나에게 에너지를 주는 일을 하며 살고 싶다. 그래서 건강한 자존감으로 아이와 남편에게 밝고 예쁜 엄마이자 아내로 사랑받고 싶다.

❖

"말 안 해도 상대방이 내 마음을 다 알아줬으면 좋겠어요"

라는 말처럼 환상인 것도 없어.

서로 원하는 것을 말하지 않고 표현하지 않으면 아무것도 알 수 없으니.

그러니 자주 표현하고 자주 사랑했으면 해.

주변에 있는 고마운 사람, 소중한 인연에

조금 귀찮을 정도로 표현해줬으면.

사랑은 조금 더 티 나게 전달할 때 더 크게 다가오는 법이니까.

질투와 열등감을 비로소 극복한 순간

　과거에도 다양한 사람들을 만나 봤지만 나보다 잘난 사람들에게서는 항상 질투와 열등감을 올리면서 상대방의 좋은 부분들을 그대로 흡수하거나 배우지 못했던 것 같다. 그때의 나는 생각이 참 어렸고 내가 어떤 사람인지 잘 몰랐다. 남편을 만나서 가랑비에 옷 젖듯이 내 마음가짐과 생각이 바뀌니 모든 사람들한테서 배울 점이 있다는 걸 알게 되었다. 요즘 들어 '조금 더 일찍 알았다면 좋았을 텐데…' 하는 후회도 생기고, 누군가에겐 나의 이런 경험이 도움이 될 수도 있을 것 같다는 마음에 글로 한번 옮겨본다.

서울에 와서 나름대로 자신의 분야에서 성공하고 부를 축적한 사람들을 많이 만나게 되었다. 그들을 가까이에서 관찰하고 함께 이야기를 나누면서 몇 가지 일반인들과 다른 사고방식을 발견할 수 있었는데, 첫 번째는 자신에게 이득이 되는 일만 하려 하거나 사람을 만날 때 자신에게 어떤 이익이 있는지 계산하지 않는다는 것이다. 모든 일과 관계에 진심을 다하는 습관 자체가 그들에게 돈을 불러오고 보상으로 돌아온다는 사실을 알고 있다. 예를 들어서, 선한 마음으로 기부를 하면 그것보다 더 큰 보상을 받는 원리와 비슷하다. 두 번째는 그들이 행하는 사업이나 일이 자신을 위한 것보다는 누군가에게 도움이 되는 일인 경우가 많다는 것이다. 타인의 삶을 변화시키거나 편안하게 만들어주는 일이 몇 배로 더 큰 자산이 되어 돌아온다는 걸 아는 까닭이다. 돈은 나가고 들어오는 순환을 통해 불어난다는 걸 아는 부자들은 베풀지 않는 재산은 진정한 재산이 아니라고 생각한다. 세 번째는 자신이 혼자 잘나서 부자가 되었다고 생각하지 않는다는 것이다. 혼자서 부를 이루는 것에는 분명 한계가 있다는 걸 알기에 주변 사람들의 도움을 적극적으로 활용하고 만나는 사람들을 귀하게 대접한다.

그리고 자수성가를 통해 수백억의 자산을 일군 부자들은 부부가 함께 자기계발을 하고 성장하는 모습을 보였다. 많은 여성들의 워너비이자 국민 멘토인 김미경 강사도 "모든 사람은 결혼 후에 성장하며 배우자로 나를 성장시켜줄 수 있는 사람을 만나야 한다"고 조언한 적이 있다. "남자와 여자가 만나 결혼하는 데 집과 차의 유무보다 더 중요한 것은 남은 인생을 제2의 부모가 되어 이 사람이 나를 키워줄 수 있느냐 하는 점"이라고 말이다. 내 주변에도 함께 사업을 일구고 자기계발을 하면서 해가 갈수록 더욱 멋있어지는 부부들이 많다. 그들을 보면서 나도 남편과 그런 멋진 부부관계를 이어가야겠다고 다짐한다. 한 달에 몇 번씩 부부동반으로 모임을 하면서 내가 배워야 할 것들은 무엇일까 생각해보고 깨달은 것들이 있어서 공유해본다.

함께 성장하고 발전하는 부부들은 대부분 같이 사업을 하고 있었다. 집에서는 배우자이지만 일할 때는 사업 파트너가 되기도 하고, 때로는 고민을 나눌 수 있는 가장 가까운 내 편이 되어준다. 살림하는 아내, 아이의 아빠 외에도 하루 동안 서로 다양한 모습으로 만나니 사랑을 비롯해 일종의 전우애까지 생기면서 여러 감정을 공유할 수 있어 긍정적인 면이 더 많다고 말한다. 보통은 '부부가 함께 일하면 싸운다'는 말이 많다. 서로 단점을 너무 잘 알기 때문에 서로의 결정이나 판단을 신뢰하지 않는 일도 생기고, 가족이니까 함부로 말해서 서로 오해가 쌓이거나 상의가 아니라 싸움이 되는 일이 잦아지기 때문이다. 그런데 내 주변에서 그런 부부는 찾아보지 못한 것 같다. 오히려 서로 배려하고 예의를 갖춰주고 말할 때도 가능한

한 생산적이고 긍정적인 이야기를 나누려고 노력한다.

두 번째는 취미든, 공부든, 사업이든 멈춰 있지 않고 함께 많은 것을 도전하고 경험하려 한다는 것이다. 그들은 무엇을 해도 함께 한다. 혼자서 성장하지 않는다. 우리 부부도 그 영향 덕분에 골프와 서핑, 영어공부를 함께 시작했다. 읽어본 책 중에 좋은 것은 추천해주고, 새롭게 알게 된 인사이트나 경험, 삶의 태도, 사고방식을 공유한다.

세 번째는 남들과 함께 있는 자리에서 배우자를 깎아내리거나 무시하는 행동이나 발언을 절대 하지 않는다는 것이다. 나는 솔직히 이 점이 가장 놀라웠고, 반드시 배워야 할 점이라고 느꼈다. 아내들끼리만 만나도 대화를 하다 보면 남편 흉을 보게 되기 마련인데 절대 가족들의 뒷담화를 하지 않는다. 부부동반 모임에서도 이야기를 나누다 보면 장난으로라도 서로 디스할 수 있을 텐데 결국 내 얼굴에 침 뱉기라는 걸 알기에 그런 경솔한 발언이나 행동을 하지 않는다. 여자들끼리 있는 자리든 부부가 함께 만나는 자리든 항상 자신의 배우자를 높여주고 맞춰주고 배려하려고 노력하더라. 현명한 아내들을 보면서 반성을 많이 하게 되었다. 내 사람을 낮추면 결국 배우자인 나도 낮아질 수밖에 없다는 걸 기억하자.

네 번째는 남편의 술자리 문제로 다투지 않는다는 것이다. 예전에는 남편의 잦은 술자리가 부부싸움의 90%를 차지했다. 하루가 멀다 하고 남편의 늦은 귀가와 술자리 문제로 싸웠다. 당시에는 하루 종일 일하고 힘드니까 사람들 만나서 술 마시며 스트레스를 푸는 유흥 정도라고 생각했다. 그러니 화가 날 수밖에 없었다. 나도 하루 종일 회사에서 똑같이 일하고 들어왔는데 집안일이며 육아며 전부 도맡아야 한다는 게 짜증이 났다. 그래서 '언제 집에 돌아오는지, 지금은 어디서 누구와 있는 건지' 10분에 한 번씩 전화해서 확인하다시피 했다. 그랬더니 불시에 친구들을 집으로 데려와 술상을 차려달라고 한 적도 많았다. 남편도 점점 불만이 쌓여가고 나도 폭발 직전까지 간 적이 한두 번이 아니었다.

그러다 남편이 자신이 만나는 사람들을 내게 정식으로 소개해주기도 하고, 술자리에 나를 데려가기도 하는 일이 늘어나면서 남편의 술자리가 단순한 유흥이 아니라는 것을 조금씩 이해하게 되었다. 결국 남자들은 술자리를 통해 서로의 마음을 터놓고, 많은 인사이트를 주고받는다는 것을 알게 되었다. 그리고 남편은 단순히 술 마시고 노는 것에 관심이 있는 것이 아니라 다양한 사람들과 이야기를 나누면서 새로운 아이디어를 얻고 그것을 자신의 사업에 적용하면서 성장하고 발전해 나가고 있었다. 이제는 집에서 좀 쉬고 싶지만 어쩔 수 없이 약속자리에 나가는 남편을 보며 측은함이 생기게 되더라. 하지만 아직도 10번 중에 2번은 조금 힘들긴 하다.

평생을 함께 살아야 하는 부부 사이가 건강하지 못하면 그것만큼 힘든 것도 없는 것 같다. 아무리 가족이고 모든 것을 다 아는 부부 사이라도 서로를 배려하고 존중하는 마음이 바탕에 있지 않다면 성장과 발전은커녕 매일 서로를 헐뜯고 미워하는 불행한 관계가 될 수밖에 없다. 지금이라도 주변에 멋진 부부들을 보며 나의 부족한 점을 깨닫고 고쳐나갈 수 있어서 얼마나 다행인지 모른다. 나는 우리 부부의 지금보다 앞으로의 우리 관계가 더욱 기대되고 설렌다.

❖

좋은 건 나누면 두 배가 된다잖아.

좋은 게 있다면 꽁꽁 숨겨두기보다

내가 좋아하는 사람들에게 아낌없이 나눠주자.

그 사람들이 행복해하는 모습을 본다면 분명 나도 행복해질걸?

그리고 그렇게 나누다 보면, 결국

그 사람들도 나에게 자신의 가장 소중한 행복을 기꺼이 나눠줄 테니까.

'결혼'이라는 인생의 큰 결정을 앞둔 사람들에게

연애를 1년 정도 하다가 결혼을 6개월 남짓 남겨둔 예비신부가 어느 날 내게 "실제 결혼생활을 해보시니까 어떠세요?"라는 질문을 한 적이 있다. 당시 결혼 6년 차로서 이런저런 나의 이야기들을 해주었던 기억이 나는데 '결혼'이라는 인생의 큰 결정을 앞둔 사람들에게 내 이야기가 조금이나마 도움이 될 것 같아서 그때 나누었던 이야기 중 일부를 이 책에 옮겨본다.

1. 돈 관리는 조금 더 경제적인 관념이 건강한 사람이 맡으면 되겠지만, 우리 부부의 경우에는 각자 관리하고 있다. 요즘은 맞벌이하는 부부들이 많아서 자신이 번 돈은 자신이 관리하는 가정이 많아진 것 같다. 적금이

나 투자 등은 각자의 가치관과 여유 자금에 따라 알아서 유지하고 생활비는 똑같이 부담한다. 남편은 집에 관련된 월세라든지 공과금을 내고, 내가 아이를 돌보는 데 필요한 양육비와 식재료비, 교육비 등을 책임지고 있다. 정해진 답이라는 건 없으니 각자가 관리한다면 부부가 서로 의논해서 생활비 통장을 만든다거나, 한 사람이 관리한다면 투명하게 내용을 공유해서 서로 오해가 생기지 않도록 하는 것이 좋을 것 같다.

2. 서로 안 맞는 부분에 대해서는 상대방을 바꾸려 하기보다 상대방을 이해하려 하며 나는 혼자서도 행복해지는 사람이 되려고 노력하는 편이다. 나도 처음에는 남편이 술자리로 늦은 시간에 귀가하는 날이 많아지는 것에 불만이 참 많았었다. 20~30년을 다른 환경에서 살던 사람들이 만나 한 공간에서 살을 부대끼며 살다 보면 생각보다 생활방식이 안 맞을 수도 있고, 식습관이 안 맞을 수도 있고, 어떤 문제가 생겼을 때 대처하는 방식이 다를 수도 있다. 또 아이를 낳아 기르다 보면 양육에 대한 생각이 달라서 없던 부부싸움이 생겨나는 집들도 많이 봤다. 하지만 부부 사이에 안 맞는 부분들은 다른 누군가가 나서서 해결해줄 수 없다. 결국 내가 내 마음을 다스리는 수밖에 없는데, 내가 혼자 있더라도 행복한 사람이 되는 것이 가장 현명한 방법인 것 같다. 늦게 들어오는 사람에게 일찍 들어오라고 매일 화를 내봐도 상대방은 절대 바뀌지 않는다. 마치 술을 마시지 못하는

사람에게 매일 같이 술을 마시라고 강요하는 것과 똑같다. '이 사람은 원래 이렇게 살아왔구나. 나는 이런 사람을 선택했구나. 그럼 난 이 사람과 살면서도 행복해질 수 있는 내 모습을 생각해봐야겠다.' 이것이 정신적으로 건강한 사람의 태도가 아닐까 싶다. 각자의 시간을 충실하게 보내는 방법을 찾아보자.

3. 서로 콩깍지가 씌어서 죽지 못해 결혼했지만, 어느 정도 시간이 흐르고 나면 서로에 대한 신선함이 사라지고, 연애 때는 잘 맞던 취향이나 관심사가 갈리고, 서로 육아나 일로 바빠져서 함께하는 시간을 할애하지 못하고, 그러면서 대화하는 시간이 줄어들고 관계가 식어가는 것이 보통 부부의 권태기 수순인 것 같다. 나의 경우에는 '이 사람 너무 질린다' 이런 느낌보다는 어느 순간순간에 짜증이나 불만이 생기는데, 그럴 때마다 내 기준으로 '왜 이렇게 안 하지?' 단정 짓기보다는 '이 사람은 그냥 이렇구나. 각자의 입장을 존중하자' 하는 마음을 자꾸만 내보려고 노력한다.

결혼생활을 하더라도 연애하듯이 '이 사람이 나를 여자로 느끼게 하는 기간, 이 사람이 나를 남자로 느끼게 하는 기간'을 하루라도 더 늘리려는 마음이 필요한 것 같다. 생리현상도 가능하면 늦게 트는 것이 이성으로서의 환상을 지속시키는 방법이고, 집에 있다고 해서 목 늘어난 티셔츠 차림으로 있기보다는 잠옷에도 신경을 쓰고 꾸민 모습을 보여주려는 애씀이 필요하다고 생각한다. 그래서 우리 부부도 일 끝나고 밖에서 함께 데이트 겸 밥도 먹고, 술도 한잔하고, 새로운 취미생활을 함께 하거나 서로의 마음을 솔직하게 이야기할 수 있는 자리를 자주 가지려고 한다. 특히 아이가 없는 부부라면 아이를 낳기 전까지 부부 사이를 돈독하게 할 수 있는 다양한 활동을 함께 해보기를 추천한다.

부부라는 이름으로 살면서 당연히 안 맞는 일이 많을 수밖에 없고, 그럴 때마다 싸움으로 해결하려 한다면 항상 갈등의 연속이 될 수밖에 없다. 그냥 다름을 인정하고 이 사람이랑 살기 위해서 내가 어떻게 해야 행복해질지를 고민해 보는 편이 슬기로운 결혼생활의 시작이 아닐까.

4. 주변 부부들을 보면 은근히 서로의 부모를 챙기는 부분에 있어 다툼이 자주 생기는 것 같다. 나는 기본적으로 그냥 예의상 해야 하니까 하는 연락보다는 진짜 마음에서 우러났을 때 연락하는 것이 진심으로 부모님을 생각하는 마음이 아닐까 싶다. 남편(아내)은 내 부모에게 연락 한번 잘 안 하면서 나에게만 자신의 부모에게 최선을 다하길 기대하는 것은 싸움의 원인이 될 수밖에 없다. 그리고 남편(아내)이 내 부모에게 자주 안부를 묻고 챙기는데 나는 나 몰라라 하는 것도 배려가 아니다. 내가 사랑하는

사람을 낳아주시고 길러주신 부모에 대해 서로가 최소한의 존경을 보여주어야 하는 것이 예의이고, 내 부모를 더 챙겨달라 말하기 전에 배우자의 부모를 내 부모처럼 생각하는 마음이 선행되어야 할 것이다. 그러면 저절로 더 연락드리고 싶고 더 표현하고 싶어질 것이다.

친정과 시댁의 용돈 문제에 대해서도 우리 부부는 각자 할 수 있는 범위에서 챙겨드리고 있다. 사실 "우리 이렇게 드리기로 하자"라고 논의한 적은 없다. 부모님 생일이나 특정한 행사가 있을 때는 남편과 상의해서 공식적으로(?) 챙겨드리고, 그 외에는 자신이 할 수 있는 선에서 각자가 챙긴다. 어쨌든 부모님들은 누가 얼마를 주든 "너희 부부가 열심히 벌어서 챙겨주어 고맙다"라고 생각하시기 때문에 굳이 '네가 줬니 내가 줬니'를 따지는 건 무의미한 일이다.

5. 나는 남편과 1년 정도 동거를 하고 결혼했다. 동거를 무조건 추천하는 것은 아니지만 나에게는 '이 사람에게 내 평생을 맡겨도 괜찮을까?'를 생각해 보기에 충분한 시간이 되어 주었다. 연애 때 보는 상대방의 모습은 빙산의 일각에 불과하다. 내게 지금 보여주는 성격, 행동 등은 나를 너무 사랑하는 마음이 크기 때문에 나에게 무조건 맞추는 것일 수도 있고, 진짜 본모습은 내면에 많이 감추고 있을 수도 있다. 연애 시기에는 상대가

뭘 해도 좋은 거고, 뭘 해도 다 예쁘고 멋있어 보이기 때문에 결혼하고 나서야 '그런 줄 몰랐다' 싶은 순간을 마주해 당황하고 싶지 않다면 결혼하기 전에 최대한 상대방에 대해 많은 것을 알아볼 수 있는 기회를 만들었으면 좋겠다. 특히 내 감정에 귀 기울여주고 공감을 해줄 수 있는 사람인지, 내 감정을 대수롭지 않게 여기고 무시하지는 않는지 그 하나만큼은 면밀히 관찰해보기를 바란다.

6. 내가 남편과의 결혼을 결심한 이유는 여러 가지가 있었지만, 그중에 가장 큰 이유는 '자기 성장을 위해 시간을 쓴다'는 점 때문이었다. 살다 보면 힘들고 어려운 순간이 반드시 찾아오기 마련이다. 그때 아무 노력도 안 하고 '될 대로 되라' 하는 사람이라면 함께 이겨낼 수가 없다. 남편은 처음 만났을 때부터 신용불량자에 가난했지만, 현재보다는 항상 멋진 미래를 상상하며 자기계발을 하고 자기 성장을 위해 노력하는 사람이었다. 그래서 '이 사람이라면 아무리 어려운 상황이 생기더라도 꿋꿋하게 해결책을 찾아내고 진취적인 마음으로 감당해낼 수 있겠다' 하는 확신이 들었다. 난 그 마음 하나면 결혼할 이유로 충분하다고 생각했다. 결혼을 앞둔 사람이라면 상대방의 외모나 분위기 같은 부분보다도 앞으로 살아갈 날들에서 서로 의지하고 다독이며 평생을 함께 갈 수 있는 사람인지를 한 번쯤 진지하게 고민해봤으면 좋겠다.

❖

그 사람과 내가 평생 갈 수 있을 거라는 확신의 기준은

돈도 아니고, 능력도 아니었어.

내 기준은 함께 있을 때 행복한지, 편안한지,

그리고 과거보다 현재와 미래가 더 기대되는 사람인지 여부였어.

돈은 사라질 수 있고, 능력도 언젠가 무너질지 몰라.

하지만 그 사람이 갖고 있는 가치관이나, 타고난 기질과 성격은

절대 변하지 않았던 거 같아.

함께 할 때 편안한 사람, 행복한 사람을 만났으면 좋겠어.

과거보다는 현재가,

현재보다는 미래가 기대되는 사람을 만났으면 좋겠어.

더없이 소중한 우리의 인생을 위하여

일하는 엄마라면 아이와 함께 보내는 물리적인 시간이 부족하니 항상 죄인이 된 것 같은 기분에 사로잡히곤 한다. 특히 아이가 아프기라도 하면 그 죄책감의 무게는 하루 종일 엄마의 마음을 짓누른다. 하루는 유튜브 영상을 보다가 어떤 정신건강의학과 의사가 나와 '워킹맘의 죄책감에 대해 다른 관점이 필요하다'며 다음과 같은 조언을 해주었다.

"전업맘에 비해 아이와 떨어져 있는 시간이 긴 워킹맘들은 아이를 두고 나가야 한다는 생각에 죄책감이라는 감정이 생기게 됩니다. 그럴 때는 생각을 이렇게 바꿔 보세요. 일하러 가는 아빠도 죄책감을 가질까요? 어린이집 앞에서 아이를 맡기고 뒤돌아서 눈물을 훔치는 분들은 대부분 워킹맘분들입니다. 아이를 맡기고 오면서 눈물을 흘리는 아빠들은 없어요. 엄마와 아빠 사이에 이러한 차이가 생기는 이유는 과거에 대다수의 여성이 전업주부로서 가정을 돌보는 데 충실했던 경험이 '양육은 엄마의 몫'이라는 고정관념을 강화해왔기 때문입니다. 그래서 엄마와 아빠가 모두 일하는 맞벌이의 동등한 입장이더라도 아빠는 엄마에 비해 당당한 태도가 나오는 것이죠. 사실 아이에게 필요한 것은 부모가 함께 있는 시간의 양이 아니라 질입니다. 영양가 없이 무조건 긴 시간을 함께 하는 것보다 짧은 시간이라도 집중해서 행복한 시간을 보내는 것이 훨씬 아이에게는 건강한 경험이 됩니다. 그러니 죄책감이라는 감정은 내려놓으셔도 됩니다. 아이에 대한 미안함이나 죄책감이 든다면 남편과 나를 비교해 보세요. '남편은 아무렇지도 않고 당당한데 나는 왜 이런 마음이 들까' 하고 돌아보는 것도 죄책감을 떨치는 데 도움이 될 것입니다."

예전에는 나도 아이를 이모님에게 맡기고 아침에 출근해야 하는 게 너무나 괴로웠다. 우리의 환경이 이렇게밖에 안 되는 게 아이에게 미안했다. 더구나 어렵게 구한 첫 시터분이 아기가 너무 예민하다며 일주일도 안 되어 그만두어서 그때는 '우리 아이가 남에게 이런 얘기까지 들어가면서 내가 일을 해야 하는 건가?' 하는 자괴감에 참 우울했다. 어린이집에 가기 시작하면서부터는 아이가 가끔 "오늘은 나 데리러 엄마가 와, 할머니(시터 할머니)가 와?" 하고 물을 때 내가 데리러 가지 못하는 날이 많아질 때면 자꾸만 미안하다고 말하게 되더라. 내가 나쁜 엄마가 되는 것만 같고, 아이 커가는 것도 챙겨주지 못해서 다른 아이들보다 뒤처지지는 않을까, 부족한 부분이 생기지는 않을까 걱정도 많았다.

그런데 이것에 대해 내가 자꾸 아이에게 미안하다고만 해서는 안 되겠다는 생각이 들었다. 바꿀 수 없는 상황이라면 아이한테도 그런 감정이 반복되어서 전달되는 것보다는 내가 미안했던 만큼 더 많은 사랑을 주고 집중하는 게 맞다는 생각이 들더라. 퇴근하고 2시간이라도 놀아줄 수 있는 여유가 생기면 엄마와 행복한 경험을 함으로써 아이가 '즐거웠다'는 감정을 느낄 수 있게 나름대로 노력했다. 가능하면 아빠도 퇴근 후에는 아이와 1시간이라도 즐겁게 몸으로 놀아주는 시간을 가졌으면 좋겠다고 이야기도 전했다. 그랬더니 아이도 이제는 적응을 해서 할머니가 데리러 가도 우울해하지 않고 당연하게 받아들이게 되었다. 더불어 내 마음도 한결 가벼워졌다.

그리고 엄마 개인의 시간을 갖는 것도 필요하다. 아이를 밝고 건강하게 자라게 하는 방법 중 하나가 '엄마의 몸과 마음이 건강한 것'이라고 생각한다. 여자가 결혼을 하고 엄마가 되는 순간 자기 자신을 잃게 되는 경우가 많다. 누군가의 아내, 아이의 엄마이기 이전에 우리는 '나'로서의 정체성도 잃어서는 안 된다. 엄마가 활기가 있고 자신을 꾸밀 줄 알면 아이도 그 모습을 보고 엄마를 자랑스러워하고 좋아하게 된다. 항상 짜증을 내고 지쳐 있는 모습을 보이는 부모보다는 자기관리를 하면서 에너지를 가진 부모를 당연히 아이가 더 닮고 싶어 할 것이다. 엄마 스스로 생기를 얻을 수 있는 시간을 갖고 그런 시간을 의도적으로 내보길 바란다. 나도 아마 집에서 아이만 돌보고 있었다면 감정적으로 많이 힘들었을 것 같다. 남편에게만 의존하는 패턴도 더 강해졌을 테고, 아이에게도 체력적으로나 정신적으로 지쳐있던 감정들이 고스란히 전달되었을 거다. 몸은 힘들고 고달프지만, 그래도 사회활동을 하면서 주변 사람들로부터 좋은 영향을 받고 또 내자신이 성장하고 발전할 수 있는 방향을 고민하는 지금이 나는 훨씬 행복하다. 서로 어느 정도 시간 동안 떨어져 있다가 만나니까 애틋함도 생기는 건 덤이다.

반드시 엄마가 일을 하는 것이 좋다는 말은 아니다. 전업맘이라도 아이가 어린이집이나 유치원, 학교에 가 있는 사이 운동을 하거나, 취미활동을 하거나, 여유롭게 카페에 가서 책을 읽거나 마음이 편안하고 즐거워지는 것을 하면서 자기만의 시간을 온전히 가지는 것은 엄마를 더욱 단단하게 만드는 원동력이 된다. 흔히 몸과 마음은 연결되어 있다고 말한다. 몸이 힘들면 아무래도 인내심이 바닥나고 분노 게이지가 차오를 수밖에 없다. 그렇게 나의 에너지가 바닥까지 떨어지지 않도록 너무 완벽한 내가 되지 않아도 괜찮다는 여유로움이 필요할 것 같다.

나는 아이와 눈을 맞추고 대화하는 시간이 참 좋다. 한번은 내가 누군가의 말 때문에 상처를 받아서 기분이 좀 울적했는데 아직 6살밖에 안 된 딸아이가 내 눈을 바라보면서 "엄마 울고 싶으면 울어도 돼. 내가 지켜줄게"라고 이야기를 해서 울컥했던 적도 있다. 부모는 어른이고 아이는 어리니까 전적으로 부모가 돌본다고 생각하지만, 아이들은 생각지도 못한 순간에 부모에게 감동을 주고 행복을 주는 존재인 것 같다.

그러니 세상 모든 엄마들! 우리 이제 그만 죄책감은 내려두고 어떻게 하면 나를 좀 더 챙길 수 있는 시간을 만들 수 있을지 고민해보자. 남편, 아이, 부모님 다 중요하지만 나를 지키는 관계가 먼저다. 모두에게는 '좋은 사람'이 되려고 애쓰면서 정작 자신에게는 '나쁜 사람'이 되지 말자. 내 아이에게만큼은 우린 온 세상이며, 누구보다 멋지고 위대한 엄마이니까.

❖

뭔가를 꼭 잘하거나

누군가로부터 인정받아야 나 자신을 사랑할 수 있는 건 아니야.

내 아이가 존재 자체로 예쁘고 소중한 것처럼

그런 시선으로 우리 자신을 바라보며

한 번쯤은 나에게 이런 말을 해주는 건 어떨까?

"○○야, 넌 세상에서 가장 빛나는 존재야.

밤하늘의 무수히 많은 별들은 너를 위해 반짝이고 있단다."

가끔 외로워질 때가 있어

여느 부부가 그렇듯 남편과 사소한 일로 말싸움을 했다. 서로 자존심에 미안하다는 말을 누가 먼저 꺼내지도 못하고 감정이 상할 대로 상해버리고 말았다. 화가 난 남편은 집을 나갔고, 아이는 친할머니댁에 놀러 가 있었다. 그렇게 이틀 동안 나는 오롯이 혼자 남게 되었다. 아이를 낳고 처음으로 혼자만 있는 시간이었는데, 평범한 일상이었다면 오랜만의 자유가 반가웠을 테지만 남편과 싸우고 좋지 않은 감정 상태로 혼자 남겨지니 마치 세상에 버려진 것 같은 외로움과 공허함, 여러 감정들을 마주했던 시간이었다.

대화로 푸는 것이 아닌 대화를 회피하는 남편에게 '갈등을 풀어갈 수도 있는데 매번 갈등이 극으로 치닫는 우리 관계는 무엇일까'라는 회의감이 들었다. 남 부럽지 않게 살고 있다고 생각했는데 그날따라 나를 찾는 전화 한 통도 없는 지금 이 순간, 결국 남편이 없으면 나는 별것도 아닌 사람이었다는 자괴감이 몇 시간이고 나를 휘감았다. 한순간 텅 비어버린 느낌에 외로움이 밀려왔다. 그렇게 서러워서 계속 울다가 집에 있던 술을 한 병 꺼내어 마시고 있자니 불현듯 죽고 싶다는 감정이 소용돌이쳤다. 언젠가 또 남편과 이런 순간이 와서 나를 버린다면 그땐 내가 정말 별것이 아닌 사람이 될 것만 같았다. 경제력도 없고, 모아둔 돈도 없고, 혼자서 아이를 키울 만큼 든든한 직업도 없다. 꽤 단단해졌다고 생각했었는데 다시 20대의 불안했던 내 모습으로 돌아가는 것 같아서 무섭고 두려웠다.

　혼자 이틀을 있다 보니, 아무것도 하고 싶지 않은 무력함에 그저 TV를 보고 멍 때리는 것밖엔 할 수 있는 일이 없었다. 그러다 보니 여러 감정과 여러 생각이 나를 스쳐갔다. 처음엔 남편에 대한 원망, 공허함, 미움 그러다 문득 아이를 재우다 같이 잠든 나를 기다리며 느꼈을 남편의 외로움, 가장의 무게감이 떠올랐다. 그러면서 남편의 울타리 안에 지켜지고 있는 우리 가정, 미움과 원망의 감정이 참 신기하게도 고마움과 감사함, 남편의 마음을 이해할 수 있는 마음으로까지 흐르게 되었다.

생각해보니 남편 때문에 힘들다고 하지만, 결혼한 사람이라면 누구나 겪을 수 있는 일상에 불과했다. 내가 자존심을 내려놓고 마음을 돌이켜서 먼저 다가가면 다시 행복해질 일이었다. 조금 더 용기를 내보자는 생각이 들었다. 우리 가족을 이만큼이나 안정적으로 살게 해준 남편에게 불만이나 원망을 갖기보다는 조금 더 감사하는 마음을 표현하면서 살자 생각하니, 남편 입장에서도 내가 서운하게 했던 일들이 떠올랐다.

이틀 후, 남편이 집에 들어오자마자 와락 안겼다. 그리고 진심을 다해서 남편에게 내 속마음을 고백했다.

"오빠, 너무 미안해. 내가 맨날 아이 재운다고 같이 잠들고 나면 오빠 혼자 TV 보면서 느꼈을 외로움을 내가 이번에 느끼게 된 것 같아. 사실 오빠 덕분에 이렇게 좋은 사람들도 만나고 사랑받을 수 있었던 건데 내가 표현을 잘 못했던 것 같아. 너무 고마워. 오빠도 알고 있지만 내 인생 목표가 따뜻한 내 가족을 갖는 거였잖아. 결국 오빠는 내가 원하는 가족의 모습을 만들어준 사람이니까 항상 고마워해야 하는 게 맞는데 나도 순간 화가 나고 서로 각자의 입장만 생각할 수밖에 없다 보니 내가 서운했던 것만 생각했던 것 같아. 오빠의 마음을 이해할 수 있는 시간이 되었던 것 같아. 오빠 없이 많은 걸 느낀 이틀이었어." 그렇게 나의 작은 용기 덕분에 우리는 다시 평범한 일상으로 돌아올 수 있었다. 또 부부의 관계도 한 단계 성장한 것 같은 기분이 들었다.

내가 예수님이나 부처님 같은 성인이 아니기에 솔직히 이런 일이 생길 때마다 '왜 매번 내가 먼저 사과해야 하는 걸까' 자존심이 상할 때도 당연히 있다. 남편이 워낙 고집도 자존심도 세서 미안하다는 말을 먼저 잘 안 꺼내기도 하고, 본인이 잘못하더라도 말을 잘해서 오히려 내 탓이 되어버리는 경우도 종종 있기 때문이다. 그것 때문에 때로는 억울하기도 하고 결국 내가 먼저 사과하고 손을 내밀어야 이 고통스러운 시간이 끝난다는 걸 알기에 힘들 때도 있었고, 우리 관계는 내가 먼저 손 내밀지 않는다면 언제든 끝날 수 있는 관계인가 싶어서 허탈하기도 했었다. 나는 힘든 감정을 오래 가지고 있는 게 싫어서 좋게 생각하자는 쪽으로 마음을 먹는 편이다. 내가 생각하는 대로 내 환경이 만들어지는 거라고 생각하기 때문이다. '난 지금 세상에서 제일 우울한 사람이야. 남들 눈에는 행복해 보이겠지. 그치만 난 너무 힘들어'라고 자꾸 생각하면 결국 세상에서 제일 힘든 사람밖에 되지 않는다. 내가 행복한 사람이 되려면 나 스스로 그렇게 만들어야 된다고 생각한다. '비록 지금 남편과 이런 일이 있더라도 지금 난 충분히 행복한 거고 그래도 나 감사한 거지'라고 시각과 마인드를 좀 바꿔가려고 한다. 어느 사람이든 매 순간 좋기만 한 관계는 없는 법이니까. 가족이 있고, 친구가 있고, 동료가 있는 사람이라도 누구나 관계에서 외로움을 느낄 때가 있다. '외로움'이라는 감정은 내 옆에 아무도 없어서 생기는 게 아니다. 신나는 축제의 군중 속에 섞여 있어도 내 마음이 그걸 즐길 수 없고 열려 있지 않으면 외로운 거다. 부부가 아무리 한 이불을 덮고 자는 사이라 해도 서로의 마음을 이해할 수 없고, 이해해 보려는 시도조차 하기 싫다면 오히려 혼자보다 더 외로워질 수밖에 없다.

외로움은 다른 누군가가 해결해 줄 수 있는 것이 아니다. 외로워서 연애한다는 사람, 외로워서 결혼한다는 사람들이 있지만 그럴 때 아무나 만나서 연애하고 결혼하면 분명 후회한다. 그렇다고 해서 외로움이 사라지는 건 아니니까. 내가 외로운 마음에 누군가를 필요로 하는 것이 습관이 되면 상대방에게 기대하는 마음이 생기고, 기대가 채워지지 않았을 때 그것은 원망하는 마음으로 변해 더욱 외로워진다.

외로움을 관계 속에서만 해결하려고 한다면 결국 관계로부터 기대를 하게 되고, 기대보다 못 미칠 때마다 찾아오는 좌절감은 더욱 클 것이다. 상대방에게 기대하기보단, 나에게 집중하며 나의 행복을 충족할 수 있는 방법을 깨우쳐야 건강한 관계가 된다고 생각한다. 스스로 자신을 사랑하고 알아가는 과정은 온전히 행복하게 사는 사람으로 만들어주고 누구한

테도 바라는 것 없이 혼자 있어도 외롭지 않게 만들어준다. 혼자서도 자유롭기에 사람을 찾아 헤매 다니지 않게 된다. 외롭다는 마음이 슬며시 우리를 갉아먹으려 할 때 조금 더 용기를 내어보자.

❖

나를 잃어가며 상대를 얻으려 하지도 말고,

내가 없는 관계에 얽매이지도 말자.

우리는 모두 혼자 태어나 혼자 떠나니까.

각자의 인생에 충실할 때 비로소 진정한 행복을 찾을 수 있을 거야.

부자들은 타인을 위해 선물을 산다

최근에 부쩍 친해진 부부가 있다. 부부가 함께 사업을 하고 열심히 노력해 자수성가한 분들이다. 그들을 가까이에서 지켜보면서 한 가지 신기한 점을 발견했는데, 좋아하는 사람에게는 아끼지 않고 선물을 주더라는 것이다. 나는 생일을 맞은 친구나 지인에게 보통 10만 원 안팎의 향수나 잡화를 선물하는 편인데 이 부부는 만날 때마다 내게 명품 신발이나 벨트 등을 선물해주곤 했다. 물론 상대의 기준에서 100만 원이 내 10만 원 정도의 가치일 수도 있지만, 금액을 떠나서 주변 사람에게 자신의 호감을 표현하는 방식이 내게는 새롭게 다가왔다.

또 어떤 지인은 소중한 사람들에게 줄 선물을 사기 위해 한 달에 벌어들이는 돈 중 10%를 따로 통장에 빼놓는다고 한다. 그는 항상 다양한 이유를 만들어서 선물을 하며 상대방을 특별하고 뜻깊게 만들어주는 능력이 있다. 그래서 요즘은 그런 사람들을 만나며 '돈은 저렇게 써야 하는 거구나' 하는 것을 느낀다. 작은 것이라도 타인에게 행복을 베풀려는 그들의 노력을 보며 돈을 떠나 '나도 사랑하는 사람들에게 많이 베풀어야겠다'는 생각을 하게 되었다.

'주는 것이 받는 것이다'라는 말처럼 다른 사람에게 선물을 해보면 받는 사람이 좋아하는 모습을 보면서 내가 느끼는 행복이 상당하다는 것도 알 수 있다. 전 세계적인 부자들이 기부를 많이 하는 것도 사회에 선물을 함으로써 그것이 다시 자신에게 돌아온다는 것을 알기 때문이다.

나와 남편도 주변에 선물을 많이 하는 편이다. 처음에는 남편이 회사 직원들이나 지인들에게 특별한 이유도 없이 선물하는 걸 이해하지 못했었는데 지금은 내가 더 퍼주고 다닌다. 새언니는 나를 '산타고모'라고 부른다. 내가 써보고 좋은 것이 있으면 똑같은 걸 몇 개씩 사서 나누어주고, 만날 때마다 작은 거라도 선물하기 때문이다. 내가 선물을 받아보니 '이런 행복이 있구나' 싶고, 상대방으로부터 사랑받는다는 기분이 들어서 그 마음을 아니까 더 해주고 싶은 마음이 생기더라. 일상에서 작지만 확실하게 실현 가능한 행복을 느끼고 싶다면 주변의 소중한 사람들에게 아주 작은 것이라도 선물해보기를 추천한다. 받는 사람도 기뻐하지만 주는 내 마음에 행복의 감정이 차오르는 걸 느낄 수 있다.

캐나다 브리티시컬럼비아대 심리학 교수 엘리자베스 던과 하버드 마이클 노튼 교수는 '행복'에 관한 여러 가지 실험을 했다고 한다. 그중에서 자신을 위해 돈을 쓸 때와 다른 사람을 위해 돈을 쓸 때 사람이 느끼는 행복감에 차이가 있는지를 조사했는데 재미있는 결과가 나왔다. 자신보다는 타인을 위해서 돈을 쓰는 사람의 행복도가 더 높았다는 것이다. 교수진은 또 다른 연구에서도 비슷한 결과를 얻었다고 한다. 16명의 보스턴 직장인들을 대상으로 성과급을 어디에 쓰는지 추적한 다음 행복도를 조사했는데, 성과급을 내가 아니라 다른 사람들을 위해서, 그러니까 친사회적 지출에 사용한 비율이 높을수록 행복감이 높게 나타났다고 한다. 또 다른 실험에서 교수진들은 브리티시컬럼비아대 캠퍼스 내 학생들을 대상으로도 실험을 진행했다. 실험 참가자 46명의 행복감을 아침에 조사한 다음, 5달러 혹은 20달러가 든 돈 봉투를 나누어주고 "이 돈을 오늘 오후 5시까지 전부 쓰도록 하세요"라고 주문했다. 한 집단에는 그 돈을 개인적인 지출에 쓰라고 했고, 또 다른 집단에는 남을 위해 쓰라고 전달했다. 그날 저녁 연구

진들은 실험 참가자들에게 전화를 걸었다. "받은 돈을 어디에 사용하셨나요? 현재 행복도는 어떻습니까?" 놀랍게도 개인을 위해 돈을 쓴 사람들은 액수와 관계없이 행복도의 변화가 거의 없었다. 그렇다고 덜 행복해지거나 불행해진 건 아닌데 공돈을 받아서 나를 위해 돈을 지출하는 것은 행복감을 거의 높이지 못한다는 사실이 확실히 드러난 결과였다. 그럼, 또 다른 집단은 어땠을까? 다른 사람들에게 줄 선물을 구매하거나 자선 단체에 기부한 사람들은 5달러든 20달러든 액수와 관계없이 모두가 실험 전보다 더 행복해졌다고 대답했다. 돈을 이타적으로 지출하면 그만큼 개인의 행복도가 높아진다는 게 그냥 기분이 아니라 실제 연구 결과에서도 증명이 된 것이다.

나는 꼭 물질적인 것이 아니라 그 사람과 함께 하는 시간을 선물하는 방법도 좋은 것 같다. 상대방과 차 한잔을 함께 하거나 식사를 하며 느긋하고 여유롭게 유쾌한 시간을 보내는 것도 하나의 선물이다. 우리는 다들 하루하루가 바쁘고, 다른 사람을 위해 시간을 낸다는 것이 쉽지 않은 세상에 살고 있다. 좋아하는 사람, 소중한 사람을 위해 시간을 함께 보내는 마음과 태도는 '당신은 내게 중요한 사람이에요'라는 메시지를 상대방에게 전할 수 있는 선물이 된다.

❖

나를 소중하고 귀하게 만들어 주는 사람들과

많은 시간을 보냈으면 좋겠어.

그 사람들로 인해 '세상에 내 편이 있다'는 안도감을 느끼고

자존감도 높일 수 있으니까.

그리고 나 역시 누군가에게 그러한 사람이 됐으면 해.

행복은 나누면 나눌수록 커질 테니.

무례한 사람으로부터 나를 지키는 법

살다 보면 가끔 무례한 사람들을 만나게 된다. 유튜브를 시작하면서 무례한 댓글을 여럿 받아보기도 했지만, 하는 일이 상담과 서비스에 많은 부분 연결되어 있다 보니 사람을 대면하거나 전화 통화를 하다 보면 '어? 이 사람 나 무시하나?', '말을 왜 이렇게 하지?' 싶은 사람들을 대해야 하는 순간이 종종 찾아온다. 또 방송들만 봐도 센 언니 캐릭터라면서 쿨한 것과 무례한 것을 구분하지 못하고 말하거나 행동하는 사람들도 있다.

나에게 직접적으로 무례하게 이야기를 하지 않아도 미워지는 감정을 일으키는 주변 사람들도 있는데, 결국 내 기분이 나빠지거나 밉고 서운한 부정적인 감정이 들면 그게 나 스스로를 힘들게 하는 거라고 생각한다. 이런 사람들을 만날 때 상대방이 당황할까 봐 꾹꾹 참고 배려하는 것만이 답은 아니다. 누구나 이런 사람들에게 대처해 자신을 지켜내는 방법을 가지고 있어야 한다.

첫 번째로 나는 '그 사람과 내가 다르다는 것' 다름을 인정한다. '이 사람은 이렇게 생각할 수도 있구나' 하고 굳이 상대의 말과 행동에 '이해'가 아닌 '인정'을 하며 큰 의미 부여를 하지 않는다. '이 사람은 분명 나를 무시하고 있어', '이 사람은 나를 자기보다 못하다거나 아랫사람 취급을 하고 있어', '이 사람은 일부러 나를 깎아내리기 위해서 교묘하게 아닌 척, 농담처럼 웃으면서 말하는 것일 거야'라고 불필요하게 확대 해석하지 말자. 상대방의 마음은 내가 알 수 없다. 내가 피해자가 되는 모드로 남의 생각이나 행동에 대해 뚜렷한 근거도 없이 짐작해 판단하는 것은 내 마음을 더 괴로움의 구렁텅이로 몰아넣는 일이다.

두 번째는 상대방에 대한 나의 관심을 아예 꺼버리는 것이다. 화가 나거나 억울한 감정이 깊어지면 생각이 꼬리를 물고 계속 떠올라서 잠을 이루지 못할 정도가 되는데, 그럴 때는 나에게 집중하려고 해본다. 맛있는 음식을 먹거나, 쇼핑을 하거나, 재미있는 드라마나 영화를 보면서 미워하는 사람에게 향하는 나의 에너지를 나 자신에게 쓰는 것으로 돌린다. 감정 소모에 내 에너지를 낭비하지 않고 내가 즐거워지고 행복해지는 일에 집중하는 것이다. 그러다 보면 어느 순간 기분 나빴던 것도 가라앉고, '살다 보면 이런 사람도 만나고 저런 사람도 만나는 거지' 하며 한결 여유로운 마음으로 돌아갈 수 있게 된다. 또 나를 싫어하는 사람보다는 나를 좋아해주는 내 사람들에게 더 집중하는 것도 좋다.

세 번째는 내 마음을 불편하게 하는 사람이 만약 매일 봐야 하는 회사 동료나 직원, 상사 또는 자주 만나는 지인이라면 내가 이 사람을 미워하는 것도 내가 만든 오해일 수 있기 때문에 그 사람이 나를 진심으로 싫어해서 나를 불편하게 하는 것인지를 알게 되기 전까지는 함부로 판단하지 않고 먼저 다가가 보는 것이다. 에둘러서 슬쩍 떠보는 것도 좋을 것 같다. 예를 들어서, 상대방의 말투가 나를 무시하는 것 같다는 생각이 든다면 나 혼자 '이 사람은 무례한 사람'이라고 판단하기 전에 "저를 친하다고 생각하셔서 말을 짧게 하시는 거죠?" 하고 웃으며 가볍게 말해보는 것이다. 그러면 상대방이 "어머, 제가 그랬어요? 죄송해요. 저도 모르게 그만… 편하게 통화해주셔서 제가 무의식적으로 그랬나 봐요" 하는 의외의 반응이 있을 수도 있고, "왜요? 기분 나쁘세요? 친한 사이에 뭐 그런 거 가지고 정색하세요?" 할 수도 있다. 전자의 반응이면 서로 오해를 풀면 되는 거고, 후자의 반응이면 진심으로 나에게 무례한 사람이니 적당한 선을 긋거나 되도록 마주치지 않는 식으로 대처한다.

네 번째는 그 사람을 연민의 시선으로 바라보는 것이다. 이 방법은 특히 악플을 쓰는 사람들을 보며 내가 가졌던 마음이다. 똑같은 영상을 봐도 어떤 사람은 '진짜 도움이 되는 영상이었어요', '이런 삶이 있다는 건 잘 몰랐는데 간접적으로나마 경험하게 해주셔서 감사해요', '영상이 힐링돼요'라는 댓글을 남기고, 어떤 사람은 '뭐 대단하다고 이런 영상을 찍냐'부터 시작해서 자신이 가진 자격지심이나 질투, 험담, 욕설 등을 가감 없이 표현한다. 그런 악플을 보고 있으면 '이 사람은 이런 건강하지 못한 생각으로 사회생활은 잘할 수 있을까?', '세상을 아름답게만 보기에도 짧은 인생인데 이런 시선으로 세상을 보다니 이 사람의 세상은 너무 각박하고 아름답지 않은 세상이겠다. 너무 안타깝다', '이 사람에게는 세상이 힘들기만 하겠다' 싶은 생각이 저절로 든다.

'연민'이라는 감정은 단순히 '불쌍하다'고 여기는 게 아니다. 내가 다른 사람의 입장이 될 수 있도록 마음을 열어준다. '대체 어떤 삶을 살아왔기에 이런 생각을 할까?' 하고 잠시 멈춰 세상의 다른 관점을 이해하게 하는 유익한 감정이라고 생각한다.

다섯 번째는 정면돌파하는 것이다. 이때는 사람에 따라 약간의 용기가 필요할지도 모른다. 상대방의 무례한 말, 진심이 섞인 것 같은 농담을 건네왔을 때 내가 기분이 나쁘다면 솔직하게 지금 내가 느끼는 감정을 상대에게 말해주는 것이다.

"지금 네가 나한테 한 말, 사실 나 좀 기분이 나빠. 그런 농담은 안 했으면 좋겠어."

악의 없이 한 말이었다면 다음부터 조심할 것이다.

나도 회사에서 수강생들과 전화 통화를 하다 보면, 특히 나이가 있으신 수강생들의 경우 반말을 할 때가 종종 있다. 그러면 기분이 나쁜 채로 그 사람과 통화를 마치지 않는다. 괜히 잘 알지도 못하는 사람에 대해 악감정을 갖는 게 싫어서 솔직하게 "반말 섞어서 말씀하시지 말아주세요"라고 말한다. 그러면 상대방도 예의를 차려서 다음 대화를 이어가게 될 때가 많았다. 내가 표현하지 않으면 계속 똑같은 패턴이 반복될 거고, 나는 계속 상처받는 사람으로 남게 된다. 때로는 상대방을 위해서 혹은 나를 지켜내기 위해서라도 정면돌파가 필요할 수 있다.

❖

때론 나를 아프게 하는 건 놓아버릴 수 있는 지혜가 필요하다는 것.

지금 깊은 분노나 절망감에 빠져 있다면

그렇게 만든 것이 무엇이든 놓아버리길 바라.

놓기 전에는 두렵기도 하고 큰일이 일어날 것만 같지만,

막상 놓아버리면 오히려 훨씬 더 홀가분해질 테니.

제
4
장

내 인생, 잘 될 거라는 믿음

20대에 알았다면 좋았을 것들

    나도 아직 30대이긴 하지만, 돌아보면 '20대 때 이걸 알았다면 얼마나 좋았을까?' 싶은 것들이 또 있다. 내 이야기가 절대 누구에게나 다 들어맞는 정답이 될 수 없다는 걸 알지만 그래도 30대를 준비하는 독자들에게 조금이나마 도움이 되었으면 좋겠다는 마음으로 내 생각을 적어본다.

    첫 번째로, 자기관리는 가능하면 20대 때부터 해야 한다. 자기관리라고 하면 건강, 외모, 피부, 몸매 등 많은 부분이 포함될 것 같다. 나는 20대만 해도 피부에 대한 고민이 전혀 없었다. 그래서 내 피부 재생력을 너무 믿은 나머지 술을 먹고 화장을 지우지 않고 잔다거나 스킨, 로션 기초화장품도 대충 형식적으로만 바르고 피부에 큰 관심을 두지 않았다. 그런데 그런 습관이 쌓이고 쌓여 30대가 되자마자 피부가 많이 망가졌다. 정말 눈에 확 띌 정도로 망가지는 걸 느낄 수 있었다. 20대이신 분들은 지금 피부가 좋을 때 그걸 더 오래 유지하는 노력을 해야 한다. 절대 화장을 지우지 않은 채 잠자리에 들지 말고, 메이크업을 했을 때는 세안에 신경 쓰고, 나에게 맞는 기초화장품을 찾아서 정성스레 관리해주며 좋은 피부를 잘 지켜냈으면 좋겠다. 나는 초등학생 때 육상부였다. 그만큼 원체 건강했기 때문에 성인이 되어서도 운동을 거의 하지 않았고, 영양제를 챙겨 먹지도 않았다. 지금 아기를 낳고 나니 몸은 아예 저질 체력이 되어버려서 계단을 한 2층 높이만 올라가도 다리가 너무 아프고 숨이 차오른다. 체력이 너무 떨어져서 이제라도 운동을 해야 하나 싶어 시간을 내보려 했지만, 아기를 키우면서 내 시간을 낸다는 게 쉽지 않아 이런저런 핑계로 자꾸만 미루고 있다. 20대 때부터 체력관리를 하는 것은 정말 중요한 것 같다.

30대가 되어 보니 20대 때 내가 어떻게 살아왔는지를 다른 사람들로부터 증명받는 것 같다는 생각이 들었다. 나라는 사람이 남들에게 평가를 받을 때 "이 사람은 약속을 잘 지키고 신뢰할 수 있는 사람"이라는 것도 결국 젊었을 때부터 내가 쌓아온 것들이 증명해주는 것이 아닐까. 20대 때는 솔직히 철이 없어서 출근 시간을 잘 안 지키거나 전날 술을 먹고 아르바이트하는 날인데 말도 없이 결근하기도 했다. 지금 생각해보면 사장님 입장에서 얼마나 힘드셨을까 싶어 후회가 많이 남는다. 내가 어떤 사람인지 증명하기 위해서는 젊었을 때부터 천천히 신뢰를 쌓아 올리는 게 중요한 것 같다.

두 번째는 연애와 관련된 이야기다. 나는 워낙 '금사빠'였다. 말하자면 철없는 연애를 많이 했달까. 상대방의 내면에 무엇이 있는지, 깊이는 어느 정도인지 알아보려는 노력도 없이 무턱대고 외모나 짧은 시간의 감정으로 연애를 시작했던 것 같다. 그런 연애만 계속하다 보니 만나다 보면 처음 내가 생각했던 부분과 다른 모습이 있었다거나, 속히 말해 나쁜 남자를 많이 만났던 것 같다. 그래서 그 이후 이성을 볼 때 내가 그동안 만났던 남자들을 데이터 삼아 어느새 "이 사람도 그런 사람일 거야"라고 판단하게 되는 내 모습을 발견했다. 결국 이런 것들이 앞으로 내가 만나게 될 사람들을 보는 안목이 되고 기준이 된다는 걸 어릴 때는 미처 알지 못했다. 그래서 지금 한창 연애를 하고 있거나 앞으로 연애를 할 20대라면 상대방이 가진 내면의 가치를 판단할 수 있는 시간을 충분히 두고 좀 더 신중한 연애를 해봤으면 좋겠다.

세 번째로는 '자존감'에 대한 이야기를 하고 싶다. 자존감이라는 건 내 가치를 내가 스스로 아는 것인데, 그 가치를 스스로 알려면 우선 크기에 상관없이 많은 성과가 반복되고 그 안에서 성취감을 느끼는 과정이 선행되어야 한다. 그래야 내가 나의 가치를 스스로 믿게 되기 때문이다. 나는 20대 때 자신을 믿는 힘이나 단단한 자존감이 없었고, 내 스스로의 가치를 알지 못했기에 상처도 많이 받고 주변 사람들의 눈치를 살펴 상대에 나를 끼워 맞추듯 20대 시절을 보냈다. 나보다는 남의 시선과 남의 생각에 대해서만 너무 신경을 쓰고 살아서 피곤했고, 더 성장할 수 있었던 많은 기회들도 놓쳐왔던 것 같아 후회가 많이 남는다. 태어날 때부터 내가 가진 환경이 너무나 열악해서 자존감이 낮아진 사람도 충분히, 얼마든지 높일 수 있다. 내가 바로 그 증거다. 그러니 하루라도 빨리 스스로의 가치를 키워나가길 바란다.

네 번째는 재테크다. 요즘 20대는 워낙 재테크에 관심이 많고 실제로도 젊은 나이에 경제적인 자유를 이룬 분들도 많다. 또 시대적으로도 돈에 대해 공부할 수 있는 충분한 환경이 되어서 회사 직원들만 해도 아직 20대이지만 자기 힘으로 많은 자산을 모은 친구들이 많다. 그 친구들을 보면서 내 젊은 날을 많이 돌아보게 되었다. 물론 지금도 재테크에 대해서 잘 알지는 못하고 남편에게 많이 배우는 중이지만, 어릴 때 조금 더 경제관념이 있었다면 지금 더 행복했었을 텐데 하는 후회는 꼭 하게 되는 것 같다.

마지막으로, 실패에 두려워하지 말고 많은 꿈을 가지고 많은 경험을 했으면 좋겠다. 젊음이라는 건 다시 돌아갈 수 없는 최고의 보물이다. 젊었을 때 많은 경험을 해보는 것이 결국에 나이가 들었을 때 그 경험들이 곧 나의 자산이 된다. 꿈이라는 건 누구나 꿀 수 있고 목표라는 건 누구나 가질 수 있는 거니까 실패에 대한 두려움을 갖지 말고 한 번 사는 인생 진짜 멋진 인생을 만들어보겠다 싶을 만큼 많은 경험과 도전을 해봤으면 좋겠다는 생각이 든다.

특히 나이가 들거나 결혼을 하면 현실적인 문제 때문에 마냥 꿈만 꾸고 있을 수 없는 상황이 생긴다. 부딪히는 것들이나 하고 싶어도 못하는 것들이 더 많이 생기는 것 같다. 나도 요즘 가만히 '내가 뭘 하고 싶지?' 생각해보면 헬스도 하고 싶고 수영도 하고 싶고 운동으로만 헤아려도 하고 싶은 게 너무 많지만 그만큼 제약도 너무 많다. 회사일뿐만 아니라 퇴근 후의 스케줄, 아이를 낳고 나면 회사, 육아, 집안일 등 더더욱 시간이 나지 않을 것이다. 아니, 시간뿐만 아니라 환경 때문에도 뭔가를 할 수 없게 되는 상황들이 생기고 도전하고 싶은 직업이 있다 하더라도 나이 제한 때문에 시도조차 해볼 수 없는 경우도 생긴다.

지금 가진 젊음이 당신이 인생에서 가질 수 있는 최고의 힘이다. 더 이상 남의 눈치 보지 말고 내 자신과 내 가치를 스스로 믿으며 많은 경험을 쌓는다면 30~40대가 됐을 때 그 경험과 과정, 시간이 값진 보물로 당신에게 되돌아올 것이다.

✤

누구에게나 '오늘이 생애 가장 젊은 날'이야.

남들이 늦다고 하든 빠르다고 하든

세상의 눈치 보지 말고 시도하고 실패해 보았으면 좋겠어.

넘어지는 순간이 있으면 다시 일어서는 순간도 있기 마련이니까.

늦지 않았어. 다시 일어나서 달리면 돼.

포기하지만 마.

회사 일도 가정 일도 어느 것 하나 소홀히 해선 안 되는 워킹맘은 하루하루가 바쁘고 힘들다. 그런데 나는 전업주부 역시 워킹맘만큼 힘들 거라고 생각한다. 아니, 온전한 내 시간이 없기 때문에 오히려 더 바쁘고 더 힘들 것 같다고 생각한다. 보통 일하는 남편들은 전업주부 아내가 '집에서 편안하게 아이 돌보고 집안일하고 나머지 시간은 논다'고 생각하지만, 일과 쉼의 경계가 없는 전업주부들은 잠자는 시간 말고는 하루 종일 일하는 거나 마찬가지다. 요즘 청소, 빨래, 육아, 아이 등·하원, 식사준비 등의 가사노동을 가족이 아닌 타인에게 1시간만 맡기려고 해도 최저임금을 훌쩍 뛰어넘는 금액을 지불해야 해줄 사람을 구할 수 있을까 말까 한 상황이다. 그러니 전업주부의 노동 가치는 밖에 나가 일해서 버는 정도에 비해 절대 뒤떨어지지 않는다고 생각한다.

나는 선택할 여지도 없이 워킹맘이 되었다. 사실 아이를 낳기 전후로 좀 쉴 수 있을 줄 알았는데 남편은 전부터 맞벌이, 일하는 여자를 추구했고, 나도 남편에게 멋진 모습을 보여주길 바라는 마음도 있었지만 일할 팔자인 건지 워낙 건강했던 나는 만삭 때까지 일했다. 조리원에서도 모유 수유하면서 일하는 엄마가 있다고 소문이 날 정도로 일에 매달릴 수밖에 없었다. 출산 후 50일이 될 때까지도 재택근무를 하다가 도저히 안 되겠다 싶어서 사무실로 출근하기 시작했다. 내가 출근하면 누군가가 아이를 돌봐줘야 했기에 시터분을 구해야 했는데 처음에 만난 시터분은 정부에서 지원되는 출산 도우미로 만났다. 산후 진료가 있어서 병원에 다녀오느라 잠시 외출한 적이 있었는데, 내가 집에 들어가자마자 "아이가 낮잠을 30분밖에 안 자는 데다 너무 칭얼대고 예민해서 더 이상 힘들어서 못하겠다"며 3일 만에 그만두셨다. 출산 후에도 일이 너무 바빠서 산후우울증이 뭔지도 모르고 지냈는데 그때 처음으로 '내가 왜 아기가 예민하다는 소리를 남한테까지 들어가면서 돈을 벌어야 되지? 누구를 위해서…' 하는 생각에 자괴감도 들고, 그 스트레스를 혹여나 아이한테 표출하진 않았을까 하는 걱정에 바로 방으로 들어가 울면서 남편에게 전화했던 적이 있었다. 다행히 이후에는 남들이 모두 어떻게 만나셨냐고 물어볼 정도로 너무나 좋으신 지금의 이모님을 만나서 지금까지 아이 케어에 대한 걱정 없이 일에 몰두할 수 있었다. 어찌 보면 그때 그 일이 참 감사한 일이었다고 생각한다.

만약 내가 임신했을 때부터 줄곧 집에 있었다면, 아이를 낳고도 남편이 벌어다 주는 돈을 받으며 집에서 육아만 했다면 아마 스스로 열등감에 위축되어 우울함에 매일 눈물지었을지도 모른다. 그리고 그늘진 내 모습을 보며 남편 또한 지치고 여자로서의 매력을 조금씩 잃어갔을 수도 있다. 남편은 계속 밖에서 자신의 커리어를 쌓고 있는데 집에만 있는 나는 남편이 늦게 들어오면 이해하지 못하고 매일 짜증과 화를 냈을 것이고 매일같이 싸웠겠지. 하나를 얻으면 하나를 잃는다고 아이와 깊은 정서적 유대감은 전업주부보단 많은 시간을 쌓지 못했겠지만, 그 대신 나는 나를 지켜냈다. 일해서 번 돈으로 나를 꾸미고, 다양한 직업을 가진 멋진 사람들을 만나며 그들에게서 생각과 태도를 배우고, 남편의 사회생활을 이해함과 동시에 나도 같이 성장하고 있음을 느낀다. 그래서 흔한 산후우울증 없이 지금까지 내 일과 건강을 지켜낼 수 있었다.

예전에 친구가 내 생일 선물로 커피 쿠폰을 보내준 적이 있었는데, 그

때 쿠폰을 카톡으로 보내준 친구가 덧붙인 말이 항상 내 마음에 남아 있다. '남편이 벌어다 주는 돈으로 살다 보니 너한테 선물할 수 있는 게 커피 쿠폰뿐이네. 미안해'라는 말이었다. 사실 나는 축하한다는 말 한 마디로도 고마워했을 텐데 내가 좋아하는 카페의 커피 쿠폰까지 선물해준 친구의 마음만으로도 너무나 감동이었다. 그리고 또 한편으로는 '아이 낳았다고 다 놓을 것이 아니라 일을 해야 하는구나, 자기 자신을 잃지 않아야 되겠구나'라는 걸 느꼈다. 친구의 자신감이 바닥나 있다는 걸 간접적으로나마 알 수 있었다.

남편의 회사에서 총괄실장으로 일하지만, 나는 한 번도 '남편의 일을 도와준다, 남편 때문에 돈을 번다'라고 생각한 적이 없다. 내 일, 나의 직장이라고 생각하고 이미 많은 사람들에게 존경받는 위치까지 올라간 남편에게도 당당히 '내가 없었으면 오빠 사업도 절대 사업이 이만큼이나 성장할수 없었을 거야'라고 당당하게 자부하며 말한다. 항상 남편과 싸우게 되면 "나 없으면 이 회사 안 돌아갈 텐데…"라고 으름장을 놓는데 그건 내가 그만한 자신감이 있기 때문이다. 그러면 남편은 그런 부분에 대해 나를 멋있어하는 면도 있다. 회사를 운영하면서 미처 챙기지 못하는 부분들을 내가 다 커버해 주고 있기 때문에 남편도 항상 어딜 가면 "우리 와이프는 진짜 멋있어" 하고 다른 사람들에게 자랑스러워하며 얘기한다. 그렇게 조금씩 내 자존감을 지키는 법을 알아가고 있다. 언제나 내 자리가 있고 내 이름을 잃지 않았다는 건 나 스스로도 자랑스럽게 여기는 부분이다.

나는 전업주부로 사는 엄마들에게도 꼭 이야기해 주고 싶다. 반드시 일을 해서 경제적인 보탬이 되어야 내가 존재하는 것은 아니다. 무조건 워킹맘이 되라고 강요하고 싶지는 않다. 그러나 '누구의 엄마, 누구의 아내'가 아니라 '아무개'라는 내 이름을 세상에서 잃지 않는 건 진짜 중요한 것 같다. 보통 아이 낳고 나서 엄마들은 온통 다 아이에게 혹은 가족들에게 좋은 것만 입히고 먹이면서 정작 자신은 영양제 한번 챙기지 않는다. 내 얼굴에 바르는 화장품도 아무거나 내 피부에 맞지도 않는 샘플 가져다 쓰고, 아이가 먹다 남긴 잔반을 아무렇게나 서서 허겁지겁 먹고, 옷도 그냥 예전에 입던 거 대충 꺼내서 입고, 머리는 질끈 묶고…. 설사 전업주부라 할지라도 엄마나 아내이기 이전에 '나'를 잃지 않기 위해서 자신을 가꿔가는 끈을 절대 놓지 않았으면 좋겠다. 남편은 남편대로 밖에서 하루 동안 힘들고, 아내도 하루 종일 아이 돌보랴, 집안일하랴 힘든데 아내는 남편이 집에 들어오면 아이 좀 돌봐줬으면 좋겠고, 남편은 집에서라도 마음 편하게 쉬고 싶어 한다. 이렇듯 동상이몽이기에 부부 사이에 "고생했다", "당신 멋있다", "자랑스럽다"라는 말이 인색해져 가는 것 같다. 오히려 서로가 오늘 하루 본인이 제일 힘들었다고 성토할 뿐이다. 부부 사이는 그렇게 조금씩 칭찬과 대화가 단절되고 멀어져 간다. 서로가 이성적인 감정으로 나를 바라봐주길 바라는 마음은 나이가 들어도 결혼생활이 오래되어도 아마 모두가 바라는 부분일 것이다. 하지만 서로가 각자 바쁜 시간 속에 치여 살다 보니 감정표현에도 인색해지고, 연애 땐 이 사람에게 사랑받기 위해 꾸미고 가꾸었던 내 자신도 잃게 되어가는 것 같다.

남편에게 예뻐 보이기 위해 늘 외모를 꾸미라는 것이 아니라, 자신을 위해서라도 바빠서 기초케어도 대충했다면 하루쯤은 시간 내서 피부관리도 해주고, 내가 좋아하는 옷을 입고 카페를 가본다거나, 좋아하는 음악을 들으며 독서를 한다거나, 내가 가장 흥미를 가지고 활기를 찾을 수 있는 것을 찾아 나를 위한 시간을 만들어보자. 그것이 나를 지키기 위한 최소한의 노력이라고 생각한다. 그리고 이런 사소한 것들이 나를 지키는 동시에 남편과의 관계도 지켜줄 수 있는 치트키가 될 수 있다. 외적인 것부터 시작하는 것이 겉으로 드러나는 모습이 눈에 띄게 변화하기 때문에 자신에게도 빠르게 긍정적인 영향을 미치게 되고, 그로 인해 내면도 들여다볼 여유와 힘이 생긴다.

긍정적인 에너지와 활기를 찾은 사람은 풍겨져 오는 아우라가 있다. 내가 나를 사랑하는 힘을 기른다면 그 힘이 가져다주는 아름다움은 이 세상 그 어떤 것과도 비교할 수가 없다. 그리고 이 얘기는 여자에게만 해당되는 내용은 아닐 것이다. 남편도 마찬가지다. 매일 츄리닝바람에 방귀나 뿡뿡 뀌고 있으면 어느 아내가 멋있게 바라볼까? 아내에게 사랑받고 싶은 남편이라면 평소 집에서도 멋있는 모습을 보여주려 노력할 필요가 있다. 평생을 함께 살아야 할 배우자로서 서로가 최소한의 노력을 하며 자신을 지켜나가는 것은 결혼생활에서 반드시 필요한 일이 아닐까.

❖

그 누가 뭐라든 나 자신을 세상에서 제일 사랑해야 해.

그 누구도 내 인생을 대신 살아주진 않으니.

나와 가장 친한 친구가 되자.

작은 걸 하더라도 크게 칭찬해주고 다독여주자.

거울을 보고 '왜 이렇게 못생겼지? 살이 쪘지?'라고 하기보다,

'넌 참 예뻐, 멋져, 뭐든 다 해낼 수 있는 사람이야.'라고 응원해줬으면.

당신은 결국 뭐든 다 해낼 사람이니까.

어린 시절 가정환경 때문에 나는 남의 눈치를 많이 보는 편이었고, 꽤 자존감이 낮은 사람이었다. 그래도 지금은 예전보다 마음이 단단해졌고, 남에게 '어떻게 보일까'보다는 '나 자신을 어떻게 하면 행복하게 해 줄 수 있을까'를 더 많이 고민하게 된 것 같다. 살면서 누구나 특정한 시점에 고통과 시련, 슬럼프가 찾아오기 마련이다. 무슨 일이 생기면 이것이 지금 내 인생에 가장 큰 일인 것 같고, 왜 나에게 이런 일이 일어나는지 억울해서 한없이 무너지게 된다.

처음에 내가 슬픔이나 시련을 이겨냈던 방법은 남들에게 의지하는 것이었다. '누군가에게 위로를 받고 싶다'는 마음 때문이었던 것 같다. 친구들을 만나서 내가 세상에서 가장 힘든 사람인 것처럼 굴었고, 지금 처한 힘든 상황들을 얘기하면서 '나 이렇게 불쌍한 사람이야'라는 걸 어필하려고 애썼다. 그러면 친구들이 안쓰러워서라도 나를 조금 더 보듬어주고 사랑해 줄 거라고 믿었다. 하지만 되돌아보면 그건 현명한 방법이 아니었다. 그냥 내 마음 편하자고 했던 행동이었는데 결국 하고 나서 보면 마음이 개운하지도 않았고, 현실이 달라지지도 않았다. 누군가는 힘든 순간들이 오고 무너질 때마다 '너만 힘드냐? 사람들 다 세상 힘들게 산다. 약한 소리 하지 마라. 독하게 마음먹고 강하게 이겨 내라'라고 오히려 자신을 더 다그칠지도 모르겠다. 하지만 그것 역시 좋은 해결법이 아니다. 중요한 건 나의 마음가짐이다. 결국 문제는 나 자신에게 있는 것이다. 슬픔이나 괴로움, 불행을 만드는 것도, 그것들을 흘려보내지 못하고 더 크게 부풀리는 것도 나 자신이다. 아직 '나만의 슬럼프 이겨 내는 법'을 만들지 못했다면 이번 기회에 곰곰이 고민해 보는 시간을 가져보길 바란다.

어린 나이에 데뷔해서 15년째 대한민국 TOP 가수로 활동하고 있는 아이유는 한 방송에서 22살 때 첫 슬럼프가 크게 왔었다고 고백했다. 22살 때는 외면적으로 아이유가 가수로서 가장 성공했을 때였지만, 그녀는 그 시기가 정신적으로는 가장 힘들었다고 했다. 그녀는 마음의 허함을 채우기 위해 음식을 먹기 시작했고, 그것이 폭식증이 되어서 적극적인 치료를 할 수밖에 없는 지경까지 이르렀다고 한다. 그녀는 그때부터 자신이 왜 이런 극심한 슬럼프에 빠졌고, 어떻게 극복해낼 수 있을지 고민하면서 가장 처음으로 '내가 나를 믿지 못하고, 내가 나를 사랑하지 않는다'는 사실을 알게 되었다고 한다. 연예인이기 때문에 대중들이 자신을 어떻게 보는지, 어떻게 만족시켜 주어야 하는지, 그들이 원하는 나의 모습이 무엇인지만 바라보는 자신을 발견한 것이다.

'불안하고 근사하게 사느니 초라하더라도 마음 편안하게 살아야지.'

아이유는 이 결심을 하고부터 많이 자유로워졌다고 한다.

"당연히 사람이니까 슬픈 날도 있고, 힘든 날도 있죠. 하지만 그렇다고 해서 내가 행복하지 않은 사람이라고 생각하지 않아요. 슬픈 일이 없고 나를 화나게 하는 일이 없으면 저는 그 상태가 행복이라고 봐요."

한번은 한 팬이 아이유에게 "기분이 가라앉을 때는 어떻게 해요?"라는 질문을 던졌는데, 아이유가 이렇게 답했다.

"그럴 때는 빨리 몸을 움직여야 돼요. 집 안이라도 돌아다니거나 설거지라도 갑자기 한다든지 막 안 뜯었던 소포를 갑자기 뜯는다든지. 우울한 기분이 들 때 그 기분에 속지 않으려고 해요. '이 기분 절대 영원하지 않고 5분 만에 내가 바꿀 수 있어'라는 생각으로 몸을 움직여요."

나도 이 말에 동의한다. 보통은 유튜브 영상이나 책을 읽는 분들이 많으실 거다. 하지만 영상과 책만으로 이 상황이 변하지 않는다. 결국 내 몸을 움직여서 행동해야 비로소 이 상황에서 벗어날 수 있다. 지금 나에게 힘든 상황이 찾아와서 그것을 극복하고 싶다면, 생각했던 그 무언가를 마음껏 해 보길 바란다. 이런저런 사정 재어보거나 쫄지 말고 마음껏 해 봤으면 좋겠다. 운동을 하고 싶다면 열심히 운동을 해 보는 것도 좋고, 예뻐지고 싶은 마음이 있다면 누구보다 부지런해지면 된다. 돈을 벌어서 성공하고 싶다면 슬럼프에 빠져 있을 시간에 돈을 벌 수 있는 아이디어를 찾아 나서야 한다. 내가 무기력하고 우울하다고 침대 속에 누워 백날 '자존감 높이는 법, 슬럼프 극복하는 법'에 대한 영상을 본다고 해서 자존감이 저절로 높아지고, 슬럼프가 씻은 듯이 사라지는 게 아니다. 위기를 이겨내고 싶다면 지금 당장 침대에서 나와 운동을 하거나 내 가치를 높일 수 있는 일에 시간을 투자하면서 바쁘게 살아야 한다.

나는 결혼을 하고 배우자를 만나면서 자존감이 더 단단해진 것도 있다. 남편은 내 자존감을 길러주기 위해서 오히려 쓴소리를 정말 많이 해 주었다. 내가 울고 있어도 달래주지 않았고, 슬픔을 얘기해도 되레 따끔한 조언들을 퍼부었다. 아마 내 성향을 잘 알았기 때문에 남편이 그런 방식을 택했는지도 모르겠다. 그럴 때마다 나는 '내가 울어봤자 소용없구나. 내가 정말 당당하고 멋지게 설 수 있는 사람이라는 걸 보여줘야 되겠구나'라는 오기가 마음속에 차올랐다. 그래서 더 이것저것 도전해 보고, 나 스스로를 소중하게 여기려고 노력하게 되었다. 나도 당신과 똑같았고, 지금 당신도 나와 똑같다. 내 인생은 절대 남이 대신 살아주지 않는다. 연인도, 배우자도 그리고 친구도, 가족들도 내 인생을 대신 살아주지 않는다. 나라는 사람은 평생 나와 함께 살아가며 내 인생을 책임져야 하는 주인이다. 내 인생은 스스로 만들어 가야 한다는 걸 절대 잊지 말기를 바란다. 쫄지 말고, 남의 눈치 보지 말고, 내가 하고자 하는 것이 있다면 도전과 그 과정을 절대 두려워하지 말자. 남에게 피해를 주지 않는 선이라면 절대 '다른 사람 생각은 어떨까?' 생각하지 말고 자신감 있게 나의 인생을 살아내 보자.

❖

"우리가 이 세상에 머무는 시간은 길어봤자 몇십 년이다.

그러나 우리는 그중 아주 많은 시간을 쓸데없는 일에 낭비하고 있다.

사람들은 채 1년도 못 가 잊어버릴 사소한 일 때문에

오랫동안 고민하고 괴로워한다.

이 얼마나 안타까운 일인가?

우리가 일상적으로 고민하는 일들은 대부분 대단한 것들이 아니다.

며칠 혹은 몇 달 후면 모두 잊힐 사소한 일들이다."

– 데일 카네기

부끄럽지만 내 책을 쓰기로 마음먹었을 때, 재테크나 성공에 대한 이야기는 하지 말아야겠다고 결심했다. 왜냐하면 내가 뭔가 제대로 도전해서 이뤄본 것은 유튜브가 전부이고, 열정에 비해 끈기가 부족해서 끝까지 해내 이뤄낸 결과물들이라고 할 만한 것들이 없다고 생각했기 때문이다. 가끔 내 채널에 "재테크 노하우가 있나요?"와 같은 댓글이 달리는데, 사실 매달 월급에서 일정 부분 적금 통장으로 자동이체 설정해 둔 것 말고는 따로 돈 관리하는 비법이 없다. 스스로 재테크에 대한 지식이 부족하다는 걸 알기 때문에 그런 주제를 다룰 만한 지식도 없고 자격도 되지 못한다.

20대 때 혼자 자취하며 꾸미고 싶은 것도 많은 철없던 나이였던지라 한 달 벌어 한 달 살아야 했기에 20대엔 일주일 이상 쉰 적 없이 끊임없이 많은 일을 해왔다. 피시방부터 고깃집 등등 회사 정규직으로 일한 적은 없었지만, 아르바이트일지라도 나는 어디 가서 일하든 내가 운영하는 곳이라는 마음가짐으로 늘 최선을 다했던 것 같다. 하지만 경제관념에 대해서 누군가 알려주지도 않았고 버는 족족 외모를 가꾸는 데 쓰거나 가지고 싶은 것들을 사는 데 돈을 다 소비할 만큼 철이 없었다. 지금 회사에 직원들은 20대들이 많은데, 그 젊은 나이에도 월급의 70~80%씩 저금하면서 악착같이 돈을 모은 직원도 있고, 재테크에 대해 관심이 많은 것 같다. 서울에서도 자수성가해서 20~30대 초반인 분들이 시그니엘에 많이 입주해 있는 걸 보면, 내 20대 시절이 참 부끄러워진다. 그때의 나는 젊음만을 믿고 내 미래를 위한 준비와는 거리가 멀었고 매일 술 마시며 친구들이랑 노는 것이 그저 즐거웠다. 20대부터 뭔가에 끊임없이 도전하고 어떻게 하면 성공할 수 있는지 묻고 배우는 요즘 20대를 보며 내가 젊었을 땐 이런 생각조차도 못했는데, 무언갈 배우고 싶어 하고 도전하는 게 멋져 보였다. 그런 사람들은 시간이 지나 내 나이가 되면 훨씬 더 멋지고 대단한 사람이 되지 않을까 싶어서 존경스러운 마음이 든다.

내 채널을 보는 구독자분들은 대부분 여성분들로, 연령은 20~40대까지 다양하게 계시는데, 가끔 20대 구독자분들이 고민을 털어놓거나 조언을 얻고 싶다는 댓글을 달곤 한다. '저는 지금 사회초년생인데 앞으로 무얼 해야 언니처럼 멋있는 결혼생활, 멋있는 여자가 될 수 있을까요? 다들 나만 빼고 잘나가고 잘 사는 것 같은데 저만 뒤처지는 것 같아서 점점 자존감만 바닥이 되는 것 같고, 미래가 늘 불안해요'와 같은 질문도 생각보다 많다.

이런 댓글을 볼 때마다 내가 그들이 생각하는 만큼 멋진 사람이 아니고, 나조차도 정상에 올랐다고 생각하지 않았기에 조언보단 그들의 말에 힘을 실어줄 수 있는 위로와 공감을 우선 떠오르게 되는 것 같다. 늘 얘기하지만 유튜브에 보여지는 내 모습으로 내가 살아온 모든 과정을 알 수가 없고, 전부가 아니다. 나조차도 세상에 나 빼고 모든 사람이 행복해 보일 때도 있다. 누군가는 나를 부러움의 대상으로 나에게 조언을 구하지만, 나 또한 SNS를 보며 아직도 부러운 사람들이 많다. 그러니 무슨 일이든 자신만 힘든 거라고 생각하지 않았으면 좋겠다. 그리고 누군갈 보며 너무 열등감에 사로잡힐 필요도 없다. 오히려 내 입장에선 아직 20대인 젊은 나이에 '어떻게 사는 게 인생에 후회가 없을까, 뭘 해야 성공할 수 있을까'라고 고민할 수 있는 그 자체만으로도 너무나 멋지고 대견하다. 나는 30대 중반이 되서야 내 자신을 사랑할 수 있는 힘을 가지게 되었고 배움에 대한 열정이 생겼는데, 나의 10년 후와 그들의 10년 후는 얼마나 차이가 날까?

지금 미래에 대한 고민이 있는 20대에게 이 말을 해주고 싶다 충분히 지금도 너무 멋있고 오히려 지금 내 나이가 되면 나보다 더 멋진 사람이 되어있을 거라고. 진심이다. 누구든 스스로를 다 보잘것없고 부족하게 여기기 마련이지만, 다른 사람의 시선에서는 당신도 충분히 부러워할 만하고 빛나는 사람이라는 걸 잊지 않았으면 좋겠다.

　'뭘 해야 될까요?'라는 질문에는 이게 도움이 될지 모르겠지만 먼저 '무엇을 하고 싶고 어떤 사람이 되고 싶은지' 아는 게 중요할 것 같다. 남들 기준에 맞춰진 것이 아니라 스스로가 어떤 사람이 되고 싶고 뭘 하고 싶은지 자신에게 귀 기울였으면 좋겠다. 몇 분 만에 나온 답이든 며칠에 걸쳐 얻은 답이든 내 자신과 마주한 뒤에 일단 해보고 싶은 게 있다면 하나씩 시도해 보면 된다. 유튜버가 되어 보고 싶다면 내가 처음 유튜브 채널을 만들 때 고민했던 것처럼 '내가 관심 있는 주제는 무엇인지, 내가 채널을 만들면 이 사람보다는 잘할 수 있겠다 싶은 채널은 어떤 것인지' 등을 조사해보는 시도부터 일단 시작하면 된다.

　'내가 무엇을 해야 할지, 어떻게 살아야 후회가 없을까'에 대해 너무 고민하지 않았으면 좋겠다. 해나가고 싶은 것들이 있다면 작더라도 하나씩 시도해보되, 절대 한계를 스스로 규정짓지 말고 실패를 두려워하지 않고 많은 도전을 해갔으면 좋겠다.

요즘에는 온라인 시대가 발전하면서 유튜브나 SNS에는 많은 정보들이 흘러넘친다. 성공하기 가장 좋은 시대라고 생각할 만큼, 이미 성공한 사람들의 시행착오 끝에 얻어낸 노하우들, 하다못해 내가 화장품 쿠션을 하나 사려고 한다고 치자. 내 피 같은 돈으로 여러 개를 써보며 나에게 맞는 화장품을 찾는 것이 아닌 유튜브만 봐도 수많은 사람들이 수십 종의 쿠션을 나 대신 구입해서 이미 테스트를 끝낸 후 가장 좋은 화장품을 추천해준다. 내 시간과 돈을 아껴주는 정보들이 홍수처럼 쏟아지는 세상이다.

서울로 이사했을 때 한동안 나는 내가 세상에서 제일 부족한 사람처럼 느껴져서 괴로웠다. 똑똑한 사람도 많고, 돈 잘 버는 사람도 많고, 예쁘고 잘생긴 사람도 많고, 어린 나이에도 자신의 인생을 똑 부러지게 사는 사람도 많았다. 그리고 내가 얼마나 직업에 대해 고정관념을 가지고 있었는지도 느낄 수 있었다. 남들이 보기에는 취미 같은 일들도 여기서는 모두 돈이 되는 일로 만드는 것을 보고 동기부여를 많이 얻었다. 처음에는 그들과 나를 비교하면서 한없이 작아진 시기가 있었지만, 열등감 폭발이 답은 아니라는 걸 깨달았다. 이곳에서 만나는 사람들의 관점을 배우고 그들의 세계에 조금씩 합류하면서 나도 조금씩 생각과 행동이 성장함을 느끼고 있다. 샘내고 미워하면서 따라가려는 건 나 자신에게도 좋은 결과를 가져다주지 않는다. 나는 이곳에서 '나도 저렇게 해 봐야지' 싶은 동경의 대상들을 정말 많이 만났다. 그렇게 생각을 바꾸는 순간 내가 부러워하던 그들의 장점들이 하나씩 모여 나도 많은 성장을 했다고 생각한다.

세상에서 나만 뒤처지고 있다고 느껴지거나 내 자신이 초라하고 하찮다는 느낌이 들 때, 누군가는 당신을 보면서 부러움의 대상으로 삼는다는 걸 항상 기억했으면 좋겠다. 그리고 그걸 용기 삼아서 아주 작은 뭔가라도 스스로를 위해 성취해 보았으면 좋겠다. 그 작은 성취들이 모여서 당신을 더욱 단단하게 만들어 줄 것이다.

✧

자신의 인생을 방치하는 사람들은 오히려

'내가 무엇을 해야 할까, 앞으로 어떻게 살아야 할까'를 고민하지 않아.

잘 살아내고 싶은 마음 자체가 없는 거니까.

스트레스를 받는 이유는 잘 해내고 싶어서잖아.

그러니 만약 지금 자신의 삶이 불안하고 두렵다면 잘살고 있는 거야.

누구보다 잘 살아내고 싶은 마음이 있다는 증거니까.

행복은 강도가 아니라 빈도야

"나는 오빠랑 지금 다시 천안 원룸에서 월세로 살아도 행복하게 살 수 있어."

내가 이런 말을 하면 남편은 콧방귀를 낀다.

"얘가 복에 겨운 소리를 하네. 진짜 가서 살면 행복할까? 절대 아닐걸?"

우리는 보증금 500만 원에 월세 45만 원짜리 원룸에서 신혼생활을 시작했다. 그마저도 내가 얻은 방에서 남편이 얹혀사는 상황이었다. 나는 사람을 볼 때 돈이 기준이 아니었기 때문에 경제적으로 부족한 부분에 대해서는 불만이 전혀 없었고, 연애를 하다 보니 신용불량자였다고 얘기해서 알게 되었다. 가끔 생활비가 없어서 "오빠가 이번 달에는 이만큼밖에 못 주겠다. 미안해"라고 말해도 나는 아무렇지 않았다. 내가 이 사람을 사랑하는 마음이 '돈'에 의해 이렇게 저렇게 바뀐다는 게 나에게만큼은 용납이 안 되는 일이었고, 아빠처럼 따뜻하게 나를 대해주는 그 모습 하나만을 바라보며 결혼을 결심했기 때문이다.

오히려 '이 사람 맨날 이렇게 술 먹는데 괜찮을까?'라는 걱정은 했지만, '돈도 잘 못 버는데 아이 낳으면 교육비는 어쩌지? 내가 이렇게 계속 살 수 있을까? 지금 보증금, 월세도 없어서 오빠가 나한테 얹혀사는데 자가라도 마련할 수 있을까?' 이런 생각은 맹세코 단 한 번도 한 적이 없다. 그래서 남편의 저런 반응이 내심 서운하다.

처음 서울에 왔을 때도 매일같이 술자리가 잡혀 있는 남편 때문에 트러블이 정말 많았다. 남편은 자꾸만 사회적인 위치가 올라가는 것 같은데 나는 오히려 내려가는 것 같기도 했다. 남편은 항상 새로운 사람을 만나고 청담동이니 압구정이니 하며 돌아다니니까 나와 다른 세계에 살고 있는 것처럼 느껴져서 소외감이 들기도 했다. 가끔 "오빠는 왜 항상 그렇게 맨날 술만 먹어? 가족들은 안 보여?" 하며 서운한 걸 얘기하면 "내가 이렇게

까지 애쓰고 있으니까 네가 이만큼이나 누리고 사는 거야"라고 말한다. 그러면 나는 "지금 오빠가 아무것도 하지 않아도, 우리가 천안 원룸으로 다시 돌아가더라도 나는 행복하게 살 수 있어"라고 말할 때마다 남편은 믿지 못하는 눈치다. 우리가 위로 올라갔다가 바닥으로 내려갔다가 하며 굴곡진 삶을 살기보다는 꽤 단기간에 경제적인 자유를 이루다 보니 남편이 나에 대해 '어떤 어려운 순간이 와도 혹은 자신이 망하더라도 내 옆에 있어 줄 사람'이라고 느끼지 못한 것 같다.

사실 남편뿐만 아니라 내 영상을 보는 사람들 중에도 내가 가끔 영상에서 "저는 돈이 전부가 아니라고 생각해요. 저에게 돈은 그렇게 중요하지 않습니다"라고 말하면 "너는 지금 돈이 충분하니까 그렇게 말하겠지"라고 지레짐작하시는 분들이 많다. 또 "시그니엘에 살고, 비싼 외제 차도 있고, 남편이 돈도 잘 버는데 부자로 살면 어때요?"라고 묻는 질문에는 보통 "제 남편이 부자이지 제가 부자는 아니에요"라고 말한다. 옛날부터 내 배우자로서 가장 중요한 요건이 '얼마 버는 사람, 어디에 사는 사람'이 아니라 '나에게 화목한 가정을 만들어줄 수 있는 사람'이었기 때문에 그런 시선만으로 나를 판단하는 것이 한편으로는 억울하기도 하고 속상하기도 하다.

'남편 덕분에 내가 원하던 결혼 생활을 누리고 있어서 감사하다'는 말도 사람들은 '남편이 좋은 집에서 살게 해주고, 비싸고 좋은 것들을 마음 대로 살 수 있게 해주니까 당연히 감사하겠지'라고 왜곡해서 바라보는 게 어느 순간 부담스러워져서 나도 이 말을 아끼게 되었다. 내 진심은 비싸고 좋은 것들을 누리게 해줘서 고맙다는 것이 아닌데, 이 책을 통해 그런 오 해를 좀 풀고 싶은 마음이다. 사람마다 '내 배우자가 될 사람은 이런 사람 이었으면 좋겠다' 하는 기준이 다르다. 친척 오빠와 결혼한 새언니랑 대화 를 나누다가 서로의 가정사를 털어놓게 되었는데, 언니는 "부모님의 직업 적 수입이 일정치가 않아서 이 문제로 싸우는 부모님을 보며 내 미래의 배 우자의 조건은 무조건 '고정적이며 안정적인 월급을 받는 사람'이었다"고 한다. 어릴 때 집안이 돈 문제로 너무 불안정해서 배우자의 조건 중에 '경 제력'이 중요했던 것이다. 결혼하고 오빠가 카페 사업을 하고 싶다고 해서 언니가 얼마나 조마조마하고 불안했는지 모른다며 그때의 이야기로 한참 을 얘기했던 적이 있었다. 그때 새언니와 대화를 나누며 이렇게 살아온 환 경에 따라 결혼을 그리는 모습이 다를 수도 있구나 신기했다.

나는 부모님이 일찍 돌아가셔서 비록 큰집에서 자랐지만, 돈 때문에 눈 치를 본 적은 있어도 돈에 쪼들리거나 돈 때문에 힘들었던 경험은 그리 많 지 않다. 이른 나이에 독립해서 먹고살아야 했기에 아르바이트도 많이 했 지만, 내가 열심히 하면 돈은 필요한 만큼 벌 수 있다고 생각했다. 어디를 가든 인정받고 싶어서 최선을 다해 일했고, 그런 나를 사장님들은 오래 일해달라며 붙잡기도 했다. 남편과 함께 일하기 직전까지 다녔던 분양대행사 사무실에서는 남편의 일을 돕기 위해 퇴사를 이야기했을 때 사장님이 '절대 퇴사는 안 된다'며 월급을 원하는 대로 올려줄 테니 계속 함께 일하자고까지 하셨다. 그래서 당시 남자친구였던 남편이 분양대행사 사장님을 만나 "이 사람은 저와 평생 함께할 사람이고, 이제부터 제가 하는 사업을 함께 해줘야 해서 반드시 퇴사를 해야 한다"며 3자 대면을 하며 설득 아닌 설득을 해야 하는 웃지 못할 일도 있었다.

돈 때문에 인생의 행복이 좌지우지되어서는 안 된다고 생각한다. 그러면 정말 슬퍼질 것 같다. 10억을 가진 사람이 1억을 가진 사람보다 정확히 10배 행복해지지는 않는다는 연구결과도 있듯이 돈이 아무리 많아도 행복도는 그에 비례해서 똑같이 높아지지 않는다. 〈오징어 게임〉에서도 돈이 너무 많아 삶의 목적을 잃고 종양의 고통 속에 죽을 날만 기다리는 오일남이 이런 말을 한다.

"돈이 하나도 없는 사람과 돈이 너무 많은 사람의 공통점이 뭔 줄 아나? 사는 게 재미가 없다는 거야."

나는 이 대사를 듣고 공감을 많이 했다.

결국 돈의 액수보다 돈에 대해 어떤 생각을 가지고 사느냐가 인생의 행복을 결정한다. 비싼 집에 살고 억대의 외제 차를 타도 그런 것에 감사한 마음이 없거나 오히려 더 가지지 못한 것에 불만을 품으면 돈이 있어도 불행한 사람이다. 반면에 넉넉하지는 않지만, 적당히 벌면서 소소한 행복에도 크게 기쁨을 느낄 줄 아는 사람은 행복하다. 당신은 돈에 대해 어떻게 생각하는가?

❖

타인의 행복을 보면서 나의 불행을 떠올리는 것만큼 미련한 행동은 없어.

더 가지려고 애쓰고 아등바등하기보다,

행복의 크기를 어떻게든 키우려 하기보다,

내가 자주 행복해질 수 있는 일이 무엇인지를 찾아봤으면.

행복은 강도가 아니라 빈도니까.

행복한 미래를 꿈꾸며 오늘을 불행하게 사는 것만큼 어리석은 일도 없다. 미래에 행복해지려면 오늘, 이 순간 내가 행복해지려고 마음먹어야 한다. 많은 사람들이 '마음이 과거나 미래로 향하는 순간, 다시 지금으로 돌아와야 행복을 느낄 수 있다'는 걸 머리로는 알지만, 막상 마음을 현재로 돌리는 일은 힘들어한다.

나도 한동안은 그랬다. 현재 많은 것을 누리고 있으면서도 사소한 일에 감정이 흔들려서 '어릴 때 사랑받아본 경험이 없어서일까? 내가 노력하지 못해서일까? 좀 더 성숙하고 발전된 사람으로 살고 싶은데 내 능력이 부족한 걸까?' 하는 부정적인 생각에 빠져서 마음의 평정심을 유지하기 어려울 때가 있었다. 물론 지금도 종종 그런 순간을 마주한다.

'행복하다는 건 뭘까?' 가끔 생각한다. '마음에 걸리는 것이 없고 편안하면 그게 행복'이라는 어느 스님의 말씀처럼 불행하지 않으면 행복한 것일지도 모른다. 언제나 그 자리를 지키고 있는 것이 행복일 수도 있고, 사랑하는 사람들이 별 탈 없이 잘 지내고 있는 것도 행복이다. 있을 때는 당연해서 잘 몰랐지만 막상 잃고 나면 그것이 소중했다는 것을 알게 하는 것들이 변함없이 내 곁에 있다는 것도 행복이다. 매일매일 내가 할 수 있는 일이 있다는 것도 행복이고, 나와 가족을 품어주는 따뜻한 집이 있고 입고 먹을 수 있는 것들이 있는 것도 행복이다. 일상에서 아주 사소한 것에서도 행복을 찾을 수 있는 사람이야말로 가장 행복한 사람이 아닐까 생각한다.

내가 가지지 못한 것을 바라면서 스스로 만들어내는 괴로움, 남보다 잘나지 못한 내 모습을 보며 느끼는 열등감, 누구보다 빨리 정상에 도착하고 싶은데 내 몸은 따라주지 않아서 느끼는 속상함, 공부는 하기 싫은데 좋은 대학에는 가고 싶은 욕심, 해야 할 일은 있는데 하기 싫은 마음이 더 많이 생겨나서 느끼는 자책감과 무력감, 어느 날은 뭐든지 할 수 있는 의욕을 느꼈다가 또 어느 날은 세상을 다 잃은 것처럼 찾아오는 공허함…. 어쩌면 인간은 부정적인 감정에 더 잘 속고 더 잘 빠져드는 속성을 가졌기에 '행복'이라는 감정에는 자꾸만 무뎌지고 있는 것이 아닌가 싶기도 하다. 그럴수록 내 인생에서 행복해져야 할 이유들을 찾아가 보자.

"아이스 커피를 줄이면 얼마를 모을 수 있다고 하고 다 좋은데요. 근데 그걸 왜 참아야 하죠? 우리가 언제 죽을지는 사실 아무도 몰라요. 3년 전에 제 동생이 교통사고로 죽었어요. 그날 아침에 제 운동화를 신으면서 '언니, 나 이것 좀 신고 나갈게' 하고 정말 아무렇지도 않게 평소처럼 나갔거든요. 근데 그날 죽었어요. 제가 그런 일을 겪고 나니까 내가 왜 이렇게 고생하면서 돈을 모아야 하고, 왜 올지 안 올지 확실하지도 않은 미래를 확신하면서 오늘을 이렇게 마음 졸이면서 살아야 하나 싶더라고요. 저는 제 생각이 맞다고 생각해요. 여러분 내일은 안 올 수도 있어요. 저는 항상 그런 마음으로 살고 있어요. '낭만적으로 산다는 게 뭐죠?'라고 궁금해하시는 분들에게 저는 이렇게 얘기하고 싶어요. '오늘이 나의 마지막 하루'라고 생각하고 사는 삶이라고요."

어느 강연에서 가수이자 작가인 요조가 한 말이다. 아무렇지도 않게 나갔던 동생이 주검이 되어 돌아온 날부터 남겨진 가족들이 얼마나 큰 상실감과 절망감을 겪었을지 상상조차 하기 힘들다. 이 강연에서 요조는 '우리가 지금 당장 행복해져야 하는 이유'에 대해 누구보다 진심을 담아 이야기해주었고, 내 마음에도 깊은 울림을 가져다주었다.

'오늘을 마지막이라고 생각하며 살아가라'는 말을 자칫하면 '인생은 오늘뿐이니 내일이 없는 것처럼 흥청망청 살아도 괜찮다'는 말로 오해하기 쉽지만, 미래를 위해 악착같이 지금을 희생하며 살지 말고 마음의 여유를 가지자는 것이다. 사랑하는 사람을 잃어본 사람이 할 수 있는 말이어서 더 가슴속에 와닿는 것 같다.

너무 애쓰며 살지 말자. 우리의 삶을 돌아보았을 때 어디 계획한 대로 항상 들어맞았던 적이 있는가. 오히려 대충 설렁설렁 되는 대로 사는 사람들이 훨씬 더 행복하고 자유롭게 인생을 만들어 나가는 모습을 우리는 주위에서 종종 볼 수 있다. 신기하게도 아등바등하며 사는 사람보다 그들이 누리는 것들이 더 많고 딱히 큰 문제에 부딪치지도 않는다. 아니, 오히려 더 잘 풀리는 경우도 많다. 입시에서 실패하거나, 사업에서 실패하거나, 정말 사랑했던 사람과 가치관이 맞지 않아 헤어져서 인생이 다 박살 난 것 같고, 이대로 끝나는 것처럼 보여도 결국 그렇게 되지 않는다는 것도 경험으로 알 수 있다.

어차피 모두의 인생에는 일어날 일들이 일어난다. 길다면 길고 짧다면 짧은 서른 몇 해의 내 인생만 돌아봐도 결국 일어나야만 했던 일들이 일어난 것이고, 거기서 내가 무엇을 배우고 깨달아야 하는지가 더 중요하다는 걸 알 수 있었다. 내가 아무리 피하려고 발버둥을 쳐도 인생은 그 사건을 내 눈앞에 데려다 놓고, 매일 기도할 만큼 간절히 바라는 일은 야속하게도 나를 비껴갔다. 그러니 악착같이 살아갈 이유가 없다. 그렇다고 해서 인생에 대해 아무런 기대도 갖지 말고 하루하루 되는 대로 대충 살라는 것은 아니다. 가볍게 시작하되 열심히 하고 싶은 마음을 낼 수도 있고, 예민하게 사람을 대하지 않을 때 내가 원하는 좋은 사람들이 끌려올 수도 있다. 훌륭한 능력이 없어도 썩 좋은 결과를 얻을 수도 있고, 돈을 벌고자 하는 마음 없이 재미로만 했는데 생각지 못한 풍요가 찾아올 수도 있다.

우리는 항상 무언가를 잘해야 하고, 빨리 가야 하기 때문에 자신을 괴롭게 하고 힘들게 한다. 그 생각만 놓아버리면 오늘 하루를 좀 더 즐겁고 행복하게 마주할 수 있다. 생각보다 내 인생에서 내가 통제하고 조정할 수 있는 것들이 많지 않다는 걸 알게 될 때 우리는 훨씬 자유로워질 수 있다.

❖

내일에 너무 큰 기대를 걸지 말았으면.

과거에 너무 큰 후회를 하고 살지 않았으면.

철저히 현재에, 오늘에 의미를 두고 살았으면.

그때와 오늘을 비교하지 말고,

미래를 위해 오늘을 소모하지도 않았으면.

지금 이 순간에 집중하고 현재를 살아간다면,

훨씬 더 행복한 인생을 살 수 있을 테니.

나를 사랑하는 일

'나의 정체성을 내가 의심하는 순간 나를 잃어버린다.' 나를 사랑하는 일은 나의 정체성을 내가 알아봐 주고 믿어주는 것일지도 모른다. 우리는 모두가 자기 자신을 사랑해야 할 이유가 충분한데도 자신을 의심하고 믿지 못하며 살아간다. 항상 자신의 부족한 점, 미운 점, 못 미더운 점, 매력 없는 점에 초점을 맞추고 더 나아지지 못하는 자신을 탓하며 괴로워한다. 주변을 둘러보면 생각보다 자신의 정체성을 찾아보려는 시도조차 하지 못할 만큼 무기력한 사람들을 보게 된다. 나도 사실 그런 사람 중에 하나였다. 지금의 내 상황에 빠져서 그냥 되는 대로 사느라 진취적인 생각으로 나아가기가 쉽지 않았다.

지금의 삶에 만족한다면 굳이 '정체성'이랄 것까지 찾아야 할 이유가 없을 것이다. 당신이 '난 지금 이대로 너무 행복하고 아이 키우면서, 직장 다니면서 혹은 전업주부로 살아도 좋아' 하는 마음이라면 정말 다행이다. 그리고 당신의 그런 편안함이 부럽기도 하다. '남들은 이런데 나는 왜 이것밖에 안 되지'라는 비교에서 한 발짝 떨어져 열등감 없는 삶을 사는 것만으로도 당신의 인생은 성공한 것이라고 봐도 괜찮을 것이다.

하지만 대다수의 사람이 불만은 많지만 긍정적인 방향으로 변화하기는 힘들어한다. 거기에는 '노오오오력'이 필요하기 때문이다. 니는 그럼에도 불구하고 나의 정체성을 찾기 위한 '노오오오력'이 곧 나를 사랑하는 방법이라고 생각한다. 그냥 침대에 누워서 내가 되고 싶은 사람의 유튜브를 보는 일만으로는 우리의 인생이 변화하지 않기 때문이다. 나는 안 하지만 자기계발, 자기관리를 하는 사람들을 보면서 '약간 부럽긴 해도 나는 할 수 없어' 하며 대리만족하는 일은 나를 사랑하는 일이 아니다. 세상에는 남에게 부탁할 수 없는 일도 많다. 그중의 하나가 바로 스스로를 사랑하는 일이다. 누가 대신해줄 수 없다. 나는 늘 자존감이 낮은 사람이라고 생각했다. 그래서 이런 나를 도대체 어떻게 사랑해주어야 하는지조차 알 수가 없었다. 그저 남에게서 받는 사랑만이 유일한 사랑이라고 믿었다. 특히 남편이 늦게 들어오는 날이면 그렇게 자존감이 낮아지고 우울해질 수가 없었다. 그렇게 부정적인 생각과 외로움에 빠져 허우적대다가 불현듯 '이 생각을 한번 바꿔보자'는 생각이 들었다.

'와, 오늘 나 혼자만의 시간이 생겼네! 아이 재우고 맥주 한잔 마시면서 재미있는 드라마 봐야겠다!'

'오늘은 남편이 약속이 있어서 늦게 온다니까 나는 퇴근하고 네일아트 받으러 가야겠다!'

내가 이렇게 마음을 바꾸고 나니 약속 때마다 10분 간격으로 전화를 받던 남편도 알아서 일찍 들어오거나 전보다 마음이 건강하게 변했다며 대견해 했다. 남편이 나에 대해 가지는 애틋한 마음이 사랑으로 느껴져서 자존감이 올라가고, 나는 혼자 있는 시간에 온전히 내가 좋아하는 것들을 하며 행복한 시간을 보낼 수 있어서 좋았다.

나를 사랑하기 위해 뭔가 대단한 것을 해야 하는 건 아니더라. 사람이 한 번에 크게 확 바뀔 수는 없다고 생각한다. 가랑비에 옷 젖듯이 아주 조금씩 나에 대한 관심을 늘려가다 보면 점점 나 자신을 있는 그대로 믿어주는 나를 만날 수 있게 된다. 처음이 어렵지 계속 시도해보면 나를 사랑하는 일만큼 행복한 일이 없다. 오늘부터라도 내가 어떤 사람인지, 무엇을 좋아하고 싫어하는지, 시간이 생기면 뭘 하고 싶은지, 지금 먹고 싶은 게 무엇인지 하나씩 나를 탐구해보는 시간을 가져보자. 하루를 행복으로 가득 채우고 많이 웃으며 살기에도 우리의 삶은 짧다.

❖

하루를 행복으로 가득 채우고 많이 웃으며 살기에도

우리의 삶은 턱없이 부족해.

그러니 좋은 생각만 했으면.

나쁜 소식으로 하루를 채우기보다

좋은 소식으로 하루를 충만하게 만들기를.

누구보다 나 자신을 사랑해주기를.

안녕, 나는 34살의 유진이야.

지금 너는 이제 막 스무 살을 맞이했겠지?

좀 기운 빠지는 이야기일 수 있는데 말야.

앞으로도 네게는 힘든 순간이 많이 찾아올 거야. 근데 지금 와서 되돌아보니까 네가

유난히도 여리고 여린 마음을 가져서 그런 너를 더 단단하게 키우려는 과정이거든?

그 과정들 덕분에 지금의 나는 어떤 일이 있어도 전처럼 쉽게 무너지지 않게 되었어.

몸의 근육을 키우려면 운동을 열심히 해야 되듯이 너에게도 그런 트레이닝이 필요

해서 찾아오는 순간들이니까 절대 약해지지 말고, 무너지지 말고 잘 이겨내길 바라.

아마 네가 내 나이쯤 되면 '나 많이 단단해졌구나'라고 되돌아보면서 스스로를 안아

줄 때가 분명히 올 거야.

정확히 10년 뒤면 그렇게 돼.

10년 뒤에는 내가 고생한 너를 꼭 안아줄게. 그러니까 지금은 절대 외롭다고 생각하지 말고 잘 안 되고 어렵겠지만 너 자신을 좀 더 돌봐주고 스스로를 더 사랑해줬으면 좋겠어.

가장 경계해야 할 것은 남들이랑 비교하는 거야.

지금은 세상이 너를 버린 것 같고, 앞으로도 이렇게 살 것만 같고, 너 빼고 다른 사람은 다 행복한 것처럼 보이지?

절대 그렇지 않아.

너의 10년 뒤 모습은 네가 지금 상상할 수도 없을 만큼 멋지단다.

그러니 너를 다른 사람과 비교하면서 속상해하고 우울해하는 건

애꿎은 시간 낭비라고 생각하고 절대 남이랑 비교하지 말고

세상에서 네가 가장 소중하고 빛나는 사람이라는 걸 잊지 마.

10년 뒤에는 말야.

너를 세상에서 가장 행복하게 해줄 남편과 너에게 영원한 친구가 되어 줄 '이나'라는

예쁜 딸도 생긴단다.

10년 뒤 그날이 오기까지 항상 행복하게 지금의 젊음을 누리면서 잘 살았으면 좋겠어. 지금의 난 나의 20대가 너무 그립고 한편으로는 후회도 되거든.

지금 너에게 가장 필요한 말이 뭔지 알아.

'세상에서 내가 너를 제일 사랑해.'

이 말을 꼭 전해주고 싶었어.

내가 언제나 너를 사랑하고 지켜보고 있다는 걸 잊지 마.

지금 네 앞에 놓인 그림자에 매몰되지 말고 더 멋진 인생의 그림이 펼쳐진다는 것도 잊지 마.

"행복하고 싶었다. 어떤 시련에도 흔들리지 않게 단단해지고 싶었다.

때로는 불안하고 두려웠다.

먼 훗날 나는 어떤 모습으로 살아갈까?

내 인생의 행복은 언제 오는 걸까?

기쁠 때도 있고 슬플 때도 있었던 하루하루,

열심히 달려온 나날들이었다.

좋은 엄마,

좋은 아내로

또 나 자신을 사랑할 수 있는 내가 주체인 삶.

지금 나는

더할 나위 없이

행복해."

누구보다 행복하고 싶은 너에게

초판 1쇄 인쇄 2023년 12월 04일
초판 1쇄 발행 2023년 12월 14일

지은이　　|사이유

편집인　　|권민창
책임편집　|정윤아
디자인　　|신하영, 이현중
책임마케팅|윤호현, 김민지, 정호윤
마케팅　　|유인철
제작　　　|제이오
출판총괄　|이기웅
경영지원　|박상박, 박혜정, 최성민

펴낸곳　　|㈜바이포엠 스튜디오
펴낸이　　|유귀선
출판등록　|제2020-000145호(2020년 6월 10일)
주소　　　|서울시 강남구 테헤란로 332, 에이치제이타워 20층
이메일　　|mindset@by4m.co.kr

ISBN　　|979-11-93358-33-7(03810)

마인드셋은 ㈜바이포엠 스튜디오의 출판브랜드입니다.